新　潮　文　庫

乗り遅れた女

夏樹静子著

新　潮　社　版

7073

目次

乗り遅れた女

乗り遅れた女

1

東京駅八重洲口の小型タクシー乗り場に車を着けていた運転手の磯野《いその》明は、客の歩み寄る気配で後ろのドアを開けた。夜九時半で、乗客が行列して待つ状態ではなくなっていた。

「じゃあ、気をつけてね」

外に立つ男がいって、女が一人腰を屈《かが》めて乗りこんでくる。

「お見送り、ありがとう」

女は朗らかな声で答えてから、磯野のほうへ顔を近付けた。香水がかすかに匂《にお》う。

「あのね、これから新潟まで行っていただけないかしら」

「え？　……あの、日本海側の新潟ですか」

磯野は思わず問い返した。タクシーに乗務して十年余りになるが、そんな遠距離ははじめてだ。

「ええ、新幹線に乗り遅れちゃって、でもどうしても今夜中に新潟に着いておきたいもんですから……無理でしょうか」

「いや、無理ってこともないですけど……」

磯野は、今度は自分のほうから身体《からだ》をひねって、女の様子を眺めた。三十歳前後くらいの垢抜《あかぬ》けしたキャリアウーマン風で、ベージュ色のジャケットの下に黒のセーターという身なりもきちんとしている。酒に酔っているふうでもない。

「だけど、関越自動車道をとばしても、三時間はかかりますよ。関越に入るまでがまだしばらくかかるし、どんなに急いでも四時間くらいは……」

「いえ、そんなに無理に急いでいただかなくてもいいんです。とにかく夜のうちにあちらへ着ければ」

「料金も相当になりますね。高速代も入れれば七、八万……いや、深夜料金になるから、もっとですかねえ」

「大丈夫、持ってますから」

女はちょっと笑った。

「なんなら先払いしましょうか」

「いやいや、それはいいんですが……わかりました。行きましょう」

磯野は決断して答えた。彼としては、所要時間や料金をほのめかしながら、相手の風《ふう》体《てい》などを観察していたのだが、いかがわしい客ではなさそうだと判断した。女一人というのも、不安要因が少い。

「よかった。お願いします」

彼女はホッとした声をだして、窓ガラスを少し開けた。見送りの男がまだ外に立っていた。

「行ってもらえるそうです」

「そう、じゃあ、ほんとに気をつけてね」

それから男は腰を屈めて、よろしく頼みますといった感じで磯野へ会釈《えしやく》を送った。女より少し年上くらいのサラリーマン風だった。

磯野は後ろのドアを閉め直し、メーターを倒して走りだした。

「新潟は、お仕事ですか」

しばらく経《た》って、磯野が話しかけた。バックミラーには、女の肩のあたりが映っている。ジャケットの襟にとめた金と碧《あお》い石のブローチが、センスのいい高級品に見える。ただの主婦とは思えなかった。

「いえ、あした、友だちの結婚式があるんですよ。私、新潟生まれで、高校まであちらにいたもんだから」

女も気さくな調子で話に応じた。

「へえ……」

明日は十月九日土曜日で、日曜の祝日と振替休日の月曜まで三連休になることを彼は思い出した。

「高校の同級生で、ほかにも仲のいい友だちがおおぜいいるの。それで私が帰る機会にみんなでゴルフをしようということになって、それも私がいいだしっぺなもんだから、遅れちゃったではすまないんですよ」

「ああ、あしたゴルフなんですか」

「そう、朝八時半スタート。新潟市内から四十分くらいのところにあるコースなんだけど。それだと四時からの披露宴までに戻ってこられるでしょ。それで私は今夜の上越新幹線の最終で新潟へ帰るつもりだったんですよ。ところが仕事の打合わせが長びいて、タッチの差で乗り遅れちゃったわけ。明日の一番に乗っても、八時半のスタートにはまにあわないし」

「最終っていうと、九時頃ですか」

「九時八分発。途中の高崎や越後湯沢止まりならもっと遅くまであるけど、新潟行きはそれが最終なのね。途中まで新幹線で行って、とも考えたんですが、夜中に知らない駅に着いて、タクシーが見つからなかったりしたら途方に暮れちゃうから、いっそ思いきって東京から……でも、無理をいってすみませんでしたわね」

「いやあ、こちらはありがたいお客さんですよ。どうせ明日の午前四時頃まで流しているんですから。ただ、最初はちょっと吃驚《びっくり》したんですが」

相手の事情もわかって、磯野はもうすっかり安心していた。彼は、感じのいい客だと思えば話しかけるほうだが、相手もお喋《しゃべ》りを楽しむふうに見えた。長い道中なら、それはなおのこと歓迎だ。

「新潟出身ねえ、あちらにはまだお家《うち》があるんですか」

「ええ、両親が住んでますから」

「じゃあ、時々は帰られる?」

「そうねえ、一年に一回くらいは。今は新幹線ができて、便利になりましたものねえ。もっともたまにはこんなこともあるけど」

二人は同時に笑い声をたてた。

「それにしても、友だちとの約束を守るために新潟までタクシーをとばすなんて、誰にでもできることじゃないですよねえ。何かお仕事されてるんでしょう?」

「ええ、まあ」

「若いのに、大したもんですねえ」

「いいえ、そんなに若くもないけど」

「だって、同級生が今度結婚されるというんじゃあ……」

「この頃の女は晩婚ですからね」

磯野はまた快い笑いを誘われてバックミラーへ目を投げた。女の白い横顔の一部が見え、金色の洒落《しゃれ》たピアスが街のネオンを映して光っていた。

十時二十分、関越自動車道の練馬入口に着いた。その前に、LPGスタンドに寄って、満タンにしてあった。

高速に乗ると、にわかにスピードをあげる。といっても、無理して急ぐ必要はないといわれているので、時速百キロくらいの安全運転で走るつもりだ。

「これから関越自動車道で長岡まで、そこから北陸自動車道に入って新潟へ行くわけですが、さっき道路地図で調べたら、新潟西インターまで二百九十何キロ、約三百キロありますね。今からおよそ三時間くらいと思っておいてください」

「一時半頃には新潟に着くわけね」

「まあそれも、途中で休まなければですね」

「いえ、どこかで休憩しましょう、あなたもお疲れになるでしょうし。赤城《あかぎ》高原のサービスエリアあたりはどうかしら」

「ああ、関越のちょうどまん中くらいですね。昼間なら景色がいいんでしょうけど、ちょっと残念だなあ」

「あそこのレストランの山菜うどんがとてもおいしいの。通るたびにそれを食べるのが楽しみでね」

「自分の車で帰られることもあるんですか」

「たまにはね」

「それじゃあ詳しいわけだ」

気持よく話は弾むし、まもなく十一時をすぎれば深夜料金で、通常の三割増になる。いい客に当って今夜はついていたと、磯野は上機嫌にまたバックミラーを覗《のぞ》く。

女は重そうなピアスを外しているところだった。外したあとの耳朶《みみたぶ》を、艶《あで》やかにマニキュアした指先でさすっている。その細く長い指の動きが、磯野の目には妙になまめかしく映った。

2

磯野は百キロ前後の安定したスピードで走り続け、十一時十分頃渋川伊香保《いかほ》インターを通過した。

「すぐこの先が赤城高原のサービスエリアですが……」

彼は遠慮がちに声をかけた。後ろの客とは関越自動車道に入ってしばらくはとりとめない会話を交わしていたが、それもだんだん間遠《まどお》になり、さっきからは黙ったままだから、眠っているのかもしれなかった。

「そうですね」と、意外にすぐしっかりした答えが返ってきた。

「一度降りて、休憩したいわ」と、伸びをしながらの声でいった。

「レストランに寄られますか」

「ええ、運転手さんもどうぞ」

「ありがとうございます。じゃあ、レストランの前で車を停めますから。わたしはちょっと会社に電話を入れて、あとからそちらへ伺います」

黒々とした山稜《さんりょう》に囲まれ、青白いライトに照らされたサービスエリアには、大型トラックなど数台が駐車していた。広いレストランの中にも疎《まば》らに客が入っているようだ。

車から降りた女は、こちらに背を向け、両手をあげてまた伸びをした。スカートの下からすらりと長い脚がのび、バッグやセーターと同じ色の黒いパンプスが足許《あしもと》を引き締めている。やはり垢抜けした女だと、磯野は最初の印象を強めた。

彼は駐車場に車を駐《と》め、電話ボックスから新宿の営業所へかけた。所定の午前四時より一時間あまり、帰庫が遅れそうな事情を説明した。

トイレに寄ってから、彼はレストランのほうへ急いだ。四十一歳になる磯野は、自分よりずっと若くてなかなか魅力的な女客と二人で休憩することに、ちょっと心が弾むような楽しさを覚えた。

ところが——

磯野がレストランへ足を踏み入れた時、中ほどの席から女が立ちあがるのが見えた。彼と入れちがいのように、女はこちらへ歩いてくるが、それもテーブルをいくつか挟んだ離れた通路だった。

「先に車へ戻ってますから……なんだか急に眠くなっちゃって」

「え？……あ、それじゃあ、ドアを開けますから」

磯野は車へとって返し、ロックを外した。その間女は、やはり少し離れて空を見あげたりしていたが、ドアが開いたところで、

「すみませんわね。あなたはどうぞごゆっくり」

さっきまで自分が掛けていたレストランの席を指さすようにしていった。

彼がそのテーブルに近付くと、彼女が食べたあとの丼《どんぶり》と、そばに彼のための〈山菜うどん〉のチケットが置かれている。

彼女の丼には、山菜もうどんもまだずいぶん残っていた。さっきはそれを食べるのが楽しみだといっていたのに——。

気分でも悪くなったのだろうか？

彼はちょっと心配になった。

大急ぎでうどんを流しこんだ磯野が車へ戻った時、女は後部シートでドアに凭《もた》れかかる姿勢で眠っていた。いや、ハンカチを顔に被《かぶ》せていたのではっきりとはわからないが、眠っているのだろうと彼は判断した。

運転席に入り、ドアを閉めると、その音で女がちょっと身動きしたようだ。そこで彼は、「ご馳走《ちそう》さまでした」と礼をのべた。

「いいえ」と、女のくぐもった声が答えた。

十一時四十分に赤城高原サービスエリアをあとにした車は、谷川岳の山稜を右にして、関越トンネルを走り抜けた。磯野は今までこの道路を前橋までしか走ったことがなかったので、こんな秋の盛り、昼間で天気が好《よ》ければ雄大な山岳風景を楽しめたものをと、やはり残念に思われる。

後ろの女はすっかり眠っているようだった。彼は睡魔を防ぐために、途中で小さくラジオをかけたが、それにも何もいわなかった。

長岡から北陸自動車道へ入り、午前一時半頃には終点の新潟西インターが近付いた。インターを出てからの行先はまだ聞いていない。

出口への坂道を下り始めたあたりで、彼は女を起こすほかなかった。

「お客さん、お客さん」

「……え？」

「新潟西インターに着きましたけど、出たあとはどちらへ行きますか」

少し間をおいてから、女が答えた。

「駅のほうへ行って」

寝起きらしい、ちょっとかすれた声だ。

「JRの新潟駅ですね」

「ええ」

それなら標識が出ている。

ゲートにさしかかり、係員にチケットを渡すと、

「六千三百五十円です」と高速料金を告げられた。

「立て替えておきますから」

後ろに一応断わり、磯野はその金額を支払った。メーターの数字は、すでに十万千四百三十円になっている。

寝静まった市内を抜けて、十分あまりで新潟駅前の広場に出た。駅の時計が午前一時四十五分を示していた。

駅ビルにはほの暗い灯《とも》りが点り、前にタクシーが二、三台客待ちをしている。深夜と

はいえ、都市の大きさの割に駅前は案外寂しいと、磯野は感じた。

「お宅はどちらのほうです？」

女が黙っているので、彼がまた尋ねた。

「駅から電話をかけようかな」

まだ少しかすれた声で呟《つぶや》くのが聞こえた。

「え？」

「いえ……家の者が寝てるかもしれないから」

「ああ、電話で起こすわけですか」

「ええ……それと、運転手さん、新潟の道路はわかります？」

「いや、はじめてなんですよ」

「それじゃあ、私、ここから地元のタクシーに乗ろうかしら」

彼は少し意外な気がして、半分後ろを振り返った。

「こちらはいいですが……自分のうちへ帰られるんでしょう？」

「ええ、でも、しばらく帰ってないから、道順がちょっと自信ないので……」

女は身繕いを始めた気配だ。もう降りることに決めたらしい。

「じゃあ、駅の前まで着けましょうか」

「そうねえ」

彼は広場を半周して、駅の正面玄関で停めた。

「おいくらになりますか」

彼はメーターの金額に、さっき立て替えた高速料金を加えた。

「十万九千六百二十円ですね。深夜料金もあって、ずいぶん高くなっちゃいましたが」

女は無言でシート越しに、重ねた紙幣を差しだした。

「十一枚あると思いますけど」

磯野は受け取って数える。新札がきちんと重ねられていた。

「確かに」

「お釣りはけっこうですから」

「いやあ、すいません」

磯野がドアを開けると、女はうす闇《やみ》の漂うアスファルトの上に降り立った。背中を向けたまま、軽く片手を振った。

ベージュ色のスーツに黒のパンプス、黒っぽいボストンバッグをさげた女の後ろ姿がほの暗い駅ビルの中へ消えていくのを、磯野はちょっと拍子抜けしたような、妙に名残り惜しい気持で見送っていた。

3

中野区上高田の三階建アパートの横の私道で、スナック従業員東郷宏康二十四歳の死体が発見されたのは、十月九日土曜日の午前三時十五分頃のことである。発見者は、同じアパートに住み、東郷と顔見知りのバーテン、木村吉見三十五歳で、彼はすぐ自室の電話で一一〇番通報した。

十五分後には、野方警察署の刑事課と本庁捜査一課の当直刑事、機動捜査隊など約二十名が現場へ駆けつけ、たちまちあたりは時ならぬ緊張に包まれた。

死体は、アパート北側の公道から、建物の横を通って、階段のある南側へ通じる幅一メートル足らずの細い土道の途中に、俯《うつぶ》せに倒れていた。後頭部に殴打《おうだ》されたような出血と陥没が認められ、おそらくそれが死因と推測された。

「ぼくはたいてい午前三時十五分か二十分くらいに、勤め先の中野駅の近くのスナックから、自転車で帰ってくるんです。店が三時に終るもんですから」

木村は、最初に現場に到着した野方署の沢口警部補の質問に答えた。

「今夜もそれくらいにここを通ったら、人が倒れていて、顔を覗《のぞ》いてみると東郷らしいんで、吃驚《びっくり》して電話したわけです」

木村も東郷も、このアパートの二階に住んでいる。北の公道に面して、アパートの小さな玄関があるが、それは一階居住者のためで、二階以上に住む者は、南側へ回って建物の外側についている階段を利用しなければならないため、出入りには必ずこの細い路地を通るそうである。アパートの南隣りには六階建マンションがあり、境は高いブロック塀で遮られていた。

さらに事情を訊《き》くと、東郷は約一年前の昨年十一月からここの二階の六畳一間を借り、同じ頃からやはり中野駅付近のスナックにアルバイトで雇われた。そこは木村の店より一時間早い午前二時に閉店し、東郷は徒歩で通っていたから、彼が帰ってくるのはたいてい毎日午前二時二十分から三十分の間くらいだったはずだという。

「東郷さんは独身だったんですか」

「ええ、そうみたいでしたね」

「約一年前からここに住むようになったというと、それ以前はどこにいたんでしょうか」

「やっぱりどこかこのへんのアパートを借りてたんじゃないかと……いや、ぼくもそんなにくわしくは知らないんですが。ぼくはもう十年以上、今の店で働いてましてね、前に彼も時々飲みにきたもんだからちょっと喋《しゃべ》った程度で……」

「東郷さんの勤め先もずっと同じでしたか」

「いや、三年前までは別の店だったと思います」

「三年前？」

木村はちょっと躊躇《ためら》うような複雑な目差《まなざし》で沢口の視線を受けとめた。

「あれはたぶん、同じ署の扱いだったと思うけど……刑事さん、憶《おぼ》えておられませんか」

「何を？」

「東郷のバイク事故を」

「………」

「バイクで幼稚園児の列に突っこんで、一人が即死、もう一人が重傷を負った……」

そこまでいわれて、沢口は思い当った。主に交通課が担当した事犯だったため、名前をいわれただけでは気が付かなかったのだ。

確か一昨年七月初旬の午後、野方二丁目の住宅街の路上で、通園バスから降りたばかりの園児の列に四〇〇ccのバイクが突っこんで、女の子二人を撥《は》ねた。一人は全身打撲で即死、もう一人は一命をとりとめたが、顔と脚に後遺症を残したと聞いている。

加害者は現行犯逮捕され、一審で懲役一年の判決を受けた。事故の原因はスピードの出しすぎで、酒気はなかったものの、過去にも何回か違反や免停を受けていたなどの前歴も加味され、実刑判決が下された。

その加害者が東郷だったわけか？

当時加害者は控訴を希望したが、国選弁護人に結果は同じだといい含められ、渋々服役したようなことも聞いた憶えがある……。

「すると彼は、出所したあと、このアパートに？」

「ええ、そういってました。実家は盛岡のほうで、東京には身寄りもないので、しばらく昔の仲間の家に転がりこんでいたが、誰かのつてで今のバイト先を見つけて、給料を前借りしてここを借りたんだとか」

「なるほど」

沢口はいっとき考えてから尋ねた。

「東郷さんがこういう被害を受けたことについて、何かお心当りはありませんか」

「さあ……」

「最近誰かに脅されていたとか、何かトラブルに巻きこまれていたというような……？」

「仲間うちのことまではわかりませんが、まあぼくなんか見てて思ったことは……」

「ええ」

「彼はまだ免許取消しのはずなのに、時々仲間のバイクを借りて乗り回してましたからねえ。それも平気で事故現場の近くまで行って、パチンコしたりしていたみたいですから、そういうところをもし遺族の人たちなどが見たら、腹に据えかねる思いをされたんじゃないかってねえ……」

本庁捜査一課から、西警部をリーダーとする一班と、刑事調査官の警視が到着すると、さっそく死体の検屍《けんし》が開始された。東京都内で変死体が見つかった場合、捜査本部が設置されるほどの難事件と思われれば、都内に三人いる警視庁嘱託医の誰かに臨場を求めるが、そこまででないようなら、本庁の刑事調査官が検屍の責任者を務める。

「後ろから鈍器で頭を殴られているね。三、四回力まかせに殴打されて、頭蓋骨《ずがいこつ》骨折が死因だと思いますね」

時間をかけて入念に観察した末、警視が口を開いた。

「被害者はかなり屈強そうだから、すると犯人も男の可能性が高いわけですか」と西警部が質問する。

「うん……しかし、必ずしも男とは断定できないんじゃないかな。後ろからふいをついた最初の一撃が強ければ、脳震盪《のうしんとう》を起こす。そのあと何回も殴打すれば致命傷を与えられますよ」

西は頷《うなず》いて、

「死後どれくらい経《た》っているでしょうか」

「まだせいぜい二時間くらいのものではないかね」

発見者の話と考えあわせ、死亡推定時刻はひとまず九日土曜の午前二時から三時の間とされた。

警視と鑑識課員がさらにくわしい検屍を続けている間、西は現場付近を調べた。

幅一メートル足らずの路地の、アパートと反対側には、かなり高い生垣が植えられ、それが西隣りの住宅との境になっている。犯人は生垣の暗がりにひそんで、東郷が帰ってくるのを待ち伏せしていたのではないだろうか——？

そんな想像が彼の脳裡《のうり》に浮かぶ。

足跡はないか？

ライトを照射してつぶさに調べたが、地面が固いため、はっきりした足跡は発見できなかった。

代りに、キラリと光るものが目に入った。それは、倒れている被害者の頭部の少し先、ちょうど電柱の上の青白い外灯の光が降り注ぐあたりで、生垣の側へやや傾斜した地面の途中に、銀色のパチンコ玉が一個、ぽつりと落ちていたのだった。

4

一昨年七月六日の午後二時五分頃、野方二丁目の路上で東郷がひき起こした事故の模様は、署の交通課にくわしく記録されていた。

東郷のバイクに撥ねとばされて死亡した被害者は、同町の貝塚ますみ、当時五歳、重傷を負ったのはやはり同町の矢代《やしろ》ユキ子五歳で、二人は同じ幼稚園に通う仲良しだった。

一方、当時の東郷は、野方三丁目のアパートに独り暮らしで、西武線沼袋駅近くのスナックの店員をしていた。仕事のない昼間は、パチンコをするか、バイクを乗り回すかで、交通違反の常習者だった。

一昨年七月の死亡事故を起こしたあとも、悔悟や反省の色がなく、人間らしい誠意などほとんど認められなかった。おまけに自賠責の強制保険しか入っていなかったし、貯《たくわ》えはなく、スナックも馘《くび》になってしまったので、それ以上の支払い能力はゼロに近かった。被害者側には、強制保険の二千五百万円が保険会社から二人に分けて支払われたにすぎなかった。

「一年の刑期を務めてきたとはいえ、東郷はまるでそれですっかり罪の償いはすんだとでもいわんばかりの顔で、平気でまたもとのような生活をしていました。可愛《かわい》い盛りの娘を殺されたり大怪我《おおけが》をさせられた家族はたまりませんよねえ。最近は仲間のバイクを借りて無免許運転しているという噂《うわさ》を耳に入れたので、なんとか見つけて逮捕してやろうと狙《ねら》っていた矢先だったんです」

交通課長が語った。

東郷が殺された九日土曜の、午後三時頃、本庁捜査一課の新川警部補は、部下一人を伴って、亡《な》くなった貝塚ますみの家を訪れた。署からほど近い住宅地の中の古い小さなモルタル二階建で、一人っ子のますみを亡くしたあと、両親の夫婦二人暮らしと聞いた。

新川たちは、仏壇の横にますみの遺影が立ててある六畳の座敷に通され、母親の陽子と向かいあった。写真の少女は、幼稚園の制服姿で、オカッパ髪の頭をちょっと傾《かし》げ、八重歯を覗《のぞ》かせて笑っている顔がいかにも愛くるしい。それだけになお、まだ新婚で子供のいない新川の胸にも、事件の無残さが改めて痛感された。

「東郷の事件のことはお聞きになりましたか」

「はい、今朝のテレビで」

陽子は低い声で答えて目を伏せた。すらりと背が高いが、丸顔の可愛らしいタイプのせいか、三十六歳の年齢より大分若く見える。幼い頃はきっとますみそっくりの少女だったにちがいない。

「東郷の出所後、お会いになったことはありましたか」

「いいえ」

「たとえば、彼がここへお線香をあげにくるようなこともなかったわけですね」

「あの人は、事故の直後にたった一回、交通課の方に連れられて形ばかり謝りにきただけですわ」

ほとんど俯《うつむ》いたまま、呟《つぶや》き声で答える。内心で波うつ感情をけんめいに抑えているようにも見えた。

「まあ、こんなことは、お尋ねするのも失礼かもしれませんが……」

新川もことばを選びながら質問を続けた。

「今回の事件について、お心当りのようなことはありませんか」

「いいえ、何も」

丸い眸《ひとみ》が一瞬だけ鋭く新川を見返し、きっぱりと否定した。

「ご主人は高校の英語の先生と伺いましたが、今日はまだ学校ですか」

土曜の午後なので夫婦揃《そろ》って在宅していることを期待して来たのだが。

「いえ、実は、今年の夏から体調を崩して、休職しております」

陽子は再び声をひそめ、視線をチラと背後の襖《ふすま》のほうへ投げた。

「それはいけませんね。お悪いんですか」

「いえ、もう心配は要らないんですが。八月に胃潰瘍《いかいよう》の手術を受けまして、体力が回復するまで充分休養したほうがいいと勧められたもんですから……来学期からまた復職する予定でございます」

陽子の声は今度は心持ち高くなった。

「では、昨日の晩ももちろんお二人とも家におられたわけですね」

訊《き》きにくい質問を、新川は紛らすように視線を室内にめぐらせながら口にした。いうまでもなく、アリバイを探っている。東郷の死亡時刻は、解剖とその後の調べで、九日午前二時半から三時十五分の間と、ほぼ確定していた。彼が勤め先のスナックを二時十分頃に出て、徒歩で帰宅したことを、スナックのマスター夫婦が証言した。彼の足なら、二時半頃にはアパートに着いたはずで、何らかの事情で多少遅れたとしても、発見者の木村が三時十五分頃に現場を通りかかるまでには、犯行は終っていたのである。

「はい、主人は奥で寝《やす》んでおりましたし、私はほとんど、この部屋におりました」

「奥さんは何時頃お寝みになりましたか」

「実はそれが、昨夜はほとんど徹夜の状態で……」

はじめてかすかな苦笑が、陽子のふっくらとした口許《くちもと》に漂った。目でガラス戸のそばにあるミシンを示した。

「私、少しばかり洋裁をやりまして、時々小さな劇団の舞台衣裳《いしょう》なんかも縫うんですけど、来月早々に公演があるので、急ぎで頼まれまして……」

「昨夜は徹夜でその縫いものをしておられた？」

それを物語るように、ミシンの周囲には型紙や布地などが散らばっている。

「まあ徹夜といっても九時頃から始めて、午前四時まえには床に入りましたが」

「お一人で？」

「ええ。時々主人の様子を見にいきましたけど、よく眠っていましたから……」

つまり証人はいないというわけか。

いささか困惑したような新川の表情を、陽子はいっとき黙って見守っていたが、またちょっと笑って口を開いた。

「もしかしたら、お隣りの病院の看護婦さんが私の姿を見ててくださったかもしれませんわ」

陽子はつと立って、ミシンの向こう側のガラス窓を開けた。

手の届くほどの距離に黒ずんだ煉瓦《れんが》造り四階建のビルがあり、いくつかの窓に蛍光灯が点《とも》っている。

「主人はそこの外科病院で胃の手術を受けたんです。建物は古いですけど、とても評判がよくて、看護婦さんもみんないい方なんです。それ以来、看護婦さんたちとお馴染《なじ》みになりまして……」

看護婦詰所は二階の端で、こちらに向いて窓がある。ちょっと外を見れば、自然とこの家の中が目に入るらしいのだという。

「私が主人のお薬をいただきに行った時など、看護婦さんから、この間も遅くまで夜なべしてたわね、なんていわれることがよくあるんです。深夜勤務の時、上から見てたらしくて。ですから、昨夜ももしかしたら誰かが気が付いていたかもしれません」

「ははあ……」

新川は連れの若手に、念のためふたつの窓の位置関係をメモしておくように囁《ささや》いた。外科病院へもあとで寄るつもりだ。

「できれば、ご主人にもちょっとお目にかかりたいのですが」

「はい……短い時間でしたら」

「ご主人も事件のことはご存知ですか」

「ええ、偶然いっしょにテレビを視《み》ていましたので」

「ご主人は何かいっておられましたか」

陽子はやや躊躇《ちゅうちょ》ってから、考えこむような口調で答えた。

「天罰が下ったのだといって、昂奮《こうふん》していました。これでますみの魂も少しは救われるだろうと……」

新川は思わず大きく頷き返した。

「お気持はよくわかりますよ。ぼくがご主人の立場でも、やっぱりそう感じたと思いますね。奥さんも同じでしょう?」

新川は決して誘導尋問したつもりではなかったのだが、陽子ははじめて彼の視線を逸《そ》らさずに、強い声で答えた。

「私も、あの男は一生許せないと思っていました。でも……」

「……?」

「でも、たとえあの男がどんな死に方をしても、ますみは二度と帰ってこないんですよねえ」

最後は声がかすれた。けんめいに感情をこらえて大きく見開かれていた眸がゆっくりと涙の膜に被《おお》われ始めた。

5

ますみの父親の貝塚拓也《たくや》は、奥の六畳間で床についていた。寝ていても見える壁の上にも大きな写真が掛けてあった。ハイキングの身なりをした貝塚と四、五歳のますみが、すすきの原っぱに立っている。父と子の情感が、何も聞かなくても伝わってくるような写真だった。

貝塚は四十三歳ということだが、面《おも》やつれしているせいか、陽子とは反対にずっと老《ふ》けて見えた。上品で真面目そうな顔立ちである。

「いっそ自分の手であの男を、と思いつめたこともありましたが、天罰が下ったんですよ。今度ばかりはほんとうにそう思いました」

貝塚は昂奮したように目を潤《うる》ませていったが、声の力は弱かった。

「昨夜ですか？　残念ながら、わたし自身は何もできずにここで寝ていましたよ。いつになくぐっすり眠って、朝目が覚めたら、最初のニュースで、あの男が殺されたことを聞いたんです。これでもういつでも、ますみのそばへ行ってやれるような気がします」

貝塚との話は十分ほどで切りあげて、新川たちはその家を辞去した。

隣りの外科病院へ回り、まず院長に面会を求めた。

外来が終ったあとの診察室で、貝塚拓也の病状を尋ねた。

「秘密は必ず守ります。捜査の参考として、ぜひ知っておきたいものですから」

「実は、胃癌《いがん》が転移してましてね」

五十すぎの院長が声を落として答えた。

「手術では取れるだけ取ったんですが……保《も》ってもあと三ヵ月くらいかもしれませんね」

「そんなに悪かったんですか。それでは……今回の事件で、貝塚さんの犯行ということは考えられないわけですね」

「とてもそんな体力は残っていませんよ」

院長は断定的に頭を振った。

つぎに、院長の許しを得て受付へ行き、昨夜の夜勤の看護婦に会わせてほしいと頼んだ。

夜勤は二人いるが、今はここから三百メートルほど離れた寮で寝んでいるはずだということ。

「そろそろ起きてるかもしれませんね。ちょっと電話してみましょうか」

受付の女性が時計を見ながら受話器を取った。

二人のうち一人は外出しているが、もう一人が聴取に応じてくれるという返事だった。

十分もたたずに、三十代なかばくらいの大柄な女性が病院のスイングドアを押して姿を見せた。

「古賀さんです」と、受付の女性が新川たちに紹介した。キューピーのような顔立ちで、目と口許に親しみがあった。

ガランとした待合室の長椅子に掛けて、話を聞くことになった。

「昨夜は零時から朝八時まで、看護婦詰所にいらしたわけですね」

新川は確認した。

「ええ、途中二回、交替で巡回しましたけど」

「仮眠をとったりはされないんですか」

「いいえ」ときっぱり頭を振る。

「ところで、隣りの貝塚さんはご存知ですか」

「ええ、ご主人が八月にここで手術されましたからね」

「奥さんのことも？」

「ええ。とてもよくお世話なさってますよ」

「実は、ちょっと妙なことを伺うんですが――」

新川は本題を切りだした。貝塚陽子は昨夜徹夜で、自宅の居間で洋裁をしていたというが、その姿が看護婦詰所から見えただろうか？

「ああ、そうみたいでしたね」

古賀はすぐ思い当ったように微笑した。

「窓越しに自然と目に入るんですよ。居間にずっと灯りがついてて、ミシンを踏んだりしてらっしゃるのが見えてました」

「何時頃まで？」

古賀はちょっと考えて、口を開くと歯切れよく答えた。

「朝の四時くらいまで頑張ってらしたんじゃないでしょうか。三時頃私が巡回をしたんですけど、四時少し前に戻ってきたら電灯が消えてましたから」

「途中で奥さんがいなくなるということはなかったですか」

「いえ、ずっとシルエットが見えてたと思いますよ」

「シルエット?」

新川は聞き咎《とが》めた。

「直接奥さんの顔が見えたのではないんですか」

古賀はちょっと困ったように首をひねった。

「とくべつ意識してたわけじゃないですけど、あちらの窓には夜はうすいカーテンが下ってますから、はっきり顔を見るというんじゃなくて、やっぱりシルエットかしら。でも、ミシンを掛けたり、布を切ったりしてる様子で、奥さんにはちがいなかったと思いますけどねえ」

新川たちは、二階の看護婦詰所まで入らせてもらった。

なるほど、窓から隣家が見下ろされた。戸外が暗くなって、さっき新川たちが通された居間に蛍光灯が点っていた。その窓にはレースのようなうすいカーテンが下げられ、内部の動きがシルエットになって見える。ちょうど、陽子らしい上半身の人影が、ミシンのほうへ屈《かが》んでいる。確かに陽子らしいが、しかし、絶対に陽子であるとも断言できなかった。

「なるほど……」

新川はいく度も呟《つぶや》いて、連れと顔を見あわせた。

貝塚の寝室は厚いカーテンで閉ざされていた。

「院長から伺った様子では、貝塚さんは相当お悪いようですね」

新川はまた古賀に話しかけた。

「ええ……」

「お気の毒ですねえ、一人っ子のますみちゃんをあんな事故で亡《な》くされたあとで……ほかに親戚《しんせき》などはおられないんでしょうか」

「貝塚さんのご両親などは、新潟に住んでらっしゃるらしいですね。東京には確か、貝塚さんの妹さんが一人おられたと思います」

「いくつくらいの？」

「貝塚さんのひと回り下とか。手術の時にも来られましたが、若いけどしっかりした方で、ますみちゃんの事故をとても口惜《くや》しがっておられましたね」

「ほう……」

「兄とは齢《とし》が離れてるので、ますみは自分の妹みたいな気がしていたのにと……」

6

東郷の事件にはとくに捜査本部は設置されず、本庁捜査一課から西警部と新川警部補ら三人が応援に派遣され、署の刑事課を中心に捜査が進められることになった。

東郷のバイク事故でもう一人の被害者となった矢代ユキ子の家へは、署の沢口警部補ら二人が赴いて話を聞いた。矢代恭平は製薬会社に勤めるサラリーマンで、四階建マンション風の社宅に住んでいた。妻の豊子と、ユキ子の上に今年小学四年になる長男がいる。

「ユキ子ちゃんは今年の春から区立の小学校に通っていますが、事故の後遺症で少し足をひきずるのと、耳の下から頬にかけて傷跡が残っているそうです」

沢口は矢代豊子から聞いた話を署で報告した。豊子は四十まえの、人の好《よ》さそうな小太りの専業主婦だった。

家族のアリバイについては、

「矢代さんは木曜から関西へ出張していて、今日中に帰ってくるということでした。豊子さんは子供たちといっしょに家で寝ていたそうなんですが」

沢口は矢代の帰宅を待たずに、ひとまず署へ引きあげてきた。四十二歳で係長の矢代は、上司の課長といっしょに出張していたというし、「関西支社には親しい同期の方が何人もいらっしゃるので、出張して帰る前の晩はたいてい遅くまでみなさんと飲むらしいんです。昨夜もそんなことじゃなかったでしょうか」と豊子が語った。本人からは明日、また連休明けには、同行した課長と関西支社に問合わせするつもりだが、矢代のアリバイは問題なく成立しそうな予感がした。

豊子のほうは、アリバイの証人はいないということになる。もっとも午前二時半から三時十五分では、ふつうの人はたいてい寝ていたと答えるだろうが。

「母親の反応はどんなふうだった？」

西警部が尋ねた。

「事件はすでに知っていました。他人の不幸を喜ぶわけではないが、ますみちゃんやユキ子みたいな被害者が再び出る恐れがこれでちょっとは少くなったとか呟いて、最後はことばを濁していましたね」

俯《うつむ》いていた豊子が、満足の表情を隠そうとしていたように、沢口には感じられた。

「矢代家は夫婦と子供の四人家族のほか、近しい親戚とか、とくにユキ子ちゃんを可愛《かわい》がっていたような人は……？」

「ええ、その点は豊子さんにそれとなく尋ね、同じ社宅内でも聞込みしてみました。矢代さんたちはもともと関西出身で、東京には親戚などはいないということでした。日頃よく訪ねてくるような人も見かけないと、社宅の奥さんたちはいってましたが」

「貝塚さんのほうには、ご主人の妹がいるという話だったね」

西は新川へ視線を向けた。

「ええ、今は留守のようですが、摑《つか》まりしだい、会ってみたいと考えています」

新川がやや気負った声で答えた。

貝塚拓也の妹玲子《れいこ》は、拓也よりひと回り下の三十一歳で独身、小さなオフィスに勤めるグラフィック・デザイナーだという。新川が、外科病院の帰りにもう一度貝塚宅へ寄り、陽子から聞きだした。

「玲子さんが新潟の高校を卒業する年には、主人はもう三十で、教員をしていました。玲子さんは主人を頼って東京へ出てきて、美術大学に入ったようです。主人が私と結婚したのは、主人が三十四の年ですから、私はあとから聞いたわけですけど」

「玲子さんはよくお宅へも来られて、ますみちゃんを自分の妹みたいに可愛がっていたそうですね」

「まあ、たまには遊びにきてくれますけど、仕事が面白くてしょうがないみたいですから……」

陽子は玲子のことをあまり話したくなさそうだ――と、新川は感じた。

十月九日土曜の夜から、新川は陽子に聞いた玲子の電話番号にかけていたが、留守番電話で、張りのある女性の声が短く応答するだけだった。

日曜の午後六時、それがやっとテープでない本人の声に変った。新川は自分の身分を告げ、ちょっと会って話を聞きたいと申しいれた。

「お住居《すまい》は高田馬場のマンションだそうですね」

「はい」

「今からお訪ねしてもよろしいでしょうか」

「そうねえ……仕事場も兼ねてて散らかってますから、近くの喫茶店ででも……」

「けっこうです」

午後七時半、玲子が指定した高田馬場駅近くの狭いが清潔な感じの喫茶店で、新川と連れの刑事が待っていると、すらりと引き締った体型の女がスイングドアを押して姿を見せた。ストレートな髪がベージュ色のジャケットの肩に落ち、黒のスカートの下からまっすぐな脚がのびている。

女は、視線の合った新川に問いかけるような表情を見せた。彼は立ちあがって、

「貝塚玲子さんでしょうか」

「そうですけど」

「わざわざ来ていただいて恐縮です」

新川は警察手帳を示し、改めて自己紹介した。

「東郷宏康さんが殺害された事件は、もうご存知でしょうね」

二人ともコーヒーを注文してから、新川は切りだした。

「ええ」

「われわれはその事件を捜査しているので、念のためにお尋ねするわけですが、些細《ささい》なことでも、お心当りなどはないでしょうか」

「私が？　あるわけありませんわ」

玲子は弾き返すように答えて、切れ長な涼しい目をガラス張りの外へ向けた。商店街のネオンが金色のピアスを多彩に反射させている。

「昨日はお兄さんのお宅へも伺ってきたんですが、あなた方ご兄妹《きょうだい》は、新潟のご出身だそうですね」

「そうです」

「東京にはほかにもご親戚などがありますか」

「いいえ、肉親は兄妹二人だけです」

「では、お兄さんが結婚されるまでは、いっしょに暮らしておられた？」

「いいえ、私は大学の寮に入ったりして、住居は別でしたけど……」

「失礼ですが、学資などは？」

「兄の世話になりました」

「なるほど。——あなたはますみちゃんを、自分の妹のように可愛がっておられたと伺いましたが」

「ええ、まあ……」

玲子は感情を抑制した、固い横顔を見せて目を伏せた。

「いや……われわれがこんなことをいうのはおかしいんですが、お兄さんがまだそんなにお悪くならないうちに、東郷がまるで天罰を受けたような殺され方をして、あなたも溜飲《りゅういん》が下ったというようなお気持ではないですか」

貝塚拓也の余命がもういくばくもないことは、陽子と玲子の二人だけが知っていると、古賀看護婦はいっていたが、それにしても相当失礼ない方で、玲子は怒りだすかもしれない。いっそ怒らせたほうが、内心が覗《のぞ》き見えるかもしれないと、新川は彼女の反応を観察していた。

が、玲子は取りあわなかった。

「あの男が死んだところで、ますみが帰ってくるわけではありませんから」

ほとんど面倒臭そうに、陽子と同じことを呟いた。少し苛立《いらだ》たしげに腕時計に目をやる。

ウエートレスがコーヒーを運んできて、テーブルに並べ始めたが、玲子はそれを飲まずに席を立ちそうな気配を見せた。

「まあこれも、失礼ついでに伺うんですが——」

新川はどうしても聞き逃せない質問を口に出した。

「金曜の夜は、どちらにおられましたか」

「金曜の夜？」

「正確には、土曜の午前二時半から三時十五分の間ですが」

「ああ、東郷が殺された時間ね」

「ええ」

「その時間に、私が？」

玲子は、さっきも見せた、露《あら》わな心外の表情を示した。新川は黙って頷《うなず》く。

「私はちょうど実家へ帰ってましたよ」

「新潟のですか」

「ええ」

「いつから？」

「金曜の夜の新幹線で帰るつもりだったんですけど、仕事が長引いて乗り遅れてしまって、仕方がないから、タクシーで帰ったんです」

「タクシーで、新潟まで？」

「ええ。ですから、お尋ねの土曜の午前二時半から三時十五分なら、ちょうど実家へ着いた頃じゃなかったかしら」

実家は市街地より南にある農家で、七十歳近い両親の二人暮らしだという。

「新潟駅から電話しといたので、二人とも起きててくれました。お陰さまでまだ元気で、田舎を離れたがらないものですから……」

玲子ははじめてかすかな笑みを滲《にじ》ませ、問われないことまで付け加えた。

新川は両親の氏名と、住所、電話番号を聞き、連れがメモした。

「それにしても、どうしてまたタクシーで……料金も相当だったでしょうに」

「新幹線の最終に乗り遅れたので。土曜日の午後、同級生の結婚式があって、その前に、朝からゴルフの約束をしてたんです」

「すると、土曜も新潟泊りですか」

「ええ、今日の午後五時東京着の新幹線で帰ってきました。自宅に着いてまもなく、刑事さんからの電話で……」

「事件のことはいつ知りました？」

「土曜の夜、実家から別の用で兄の家へ電話したら、義姉《あね》が教えてくれたので……」

「なるほど」

よほどの大事件か、珍しいケースでない限り、新潟では報道されなかったかもしれない。玲子の話に、とりたてて矛盾などは見出《みいだ》せなかった。

それにしても、選《よ》りに選って東郷が殺された夜、玲子がタクシーで新潟まで帰省したということが、新川の意識にひっかかって、思考の流れを止めている。

「タクシーは、どこの会社でしたか」

「確か日東タクシーだったと思います。八重洲口で乗る時、日東なら大手で信頼できると思ったことを憶えていますから」

玲子はやはり淀《よど》みなく答えた。

7

飯田橋の〈日東タクシー〉本社に電話で問合わせると、金曜夜、東京駅から新潟市内まで客を運んだ車があったことはすぐに判明した。新宿営業所の車だったそうだが、そんな長距離はめったにないことなので、本社でも話題にのぼっていたらしい。

新川は続いて新宿営業所にかけ、もう一度詳しく聞きだした。磯野明運転手が、十月八日金曜夜九時半に東京駅八重洲口から若い女を乗せ、ＪＲ新潟駅前で降ろした。料金は高速料金も含めて十万九千六百二十円ということである。営業所ですぐ回答できたのは、日報が提出されていたからだが、客が若い女だったということまでわかるのは、営業所でも評判になったからであろう。磯野運転手は四十一歳、勤続十一年のベテランで、これまで大きな事故を起こしたこともなく、社内の評判もいいという。

「今日は午前八時から勤務していますから、明朝の午前二時頃上ってくると思います。それからでもよければ、署へ行かせましょうか」

新川はそうしてほしいと頼んで切った。新宿から野方警察署までなら、さほどの距離ではない。

西警部と新川が待っていると、午前一時五十分頃、埃《ほこり》っぽい紺の背広を着た磯野が姿を見せた。

「どっちみち今日は少し早目に上ろうと思っていたもんですから」

磯野は銀歯の覗く口許《くちもと》に愛想のいい微笑を浮かべて、西たちの前に腰を降ろした。

「それはどうも、ご足労をおかけして恐縮です」

西は労を犒《ねぎら》ってから、さっそく聴取に移った。

客を乗せた時刻と場所、行先など、磯野が日報に記入した内容にまちがいないことを確認してから、客の様子や、交わした会話、印象に残った事柄などを尋ねた。

「垢《あか》抜《ぬ》けしたOL風でね、耳に大きなイヤリングをさげてたですね。まあ、顔はそんなにはよく見えないけど、美人のほうじゃなかったですかね」

最初に新潟までといわれた時には吃驚《びっくり》したが、上越新幹線に乗り遅れたこと、翌朝ゴルフの約束があるなどの事情を聞いて納得し、気持よく走りだした……。

「途中休憩などはしなかったんですか」

「しましたよ、赤城高原でね。ああ、その時ねえ……」

磯野は思い出したようにまた喋《しゃべ》り始めた。

「あそこの山菜うどんはうまいから運転手さんもどうぞと誘われたんで、営業所に電話を入れたあと、わたしもレストランへ行ったんですよ。ところが入れちがいにお客さんが出てきちゃってね、急に眠くなったからとかいって。わたしは一人でご馳走《ちそう》になりましたが、お客さんのは半分以上残してありましたよ。いつもこれを食べるのを楽しみにしてるなんていってた割にはね。急いで車に戻ると、お客さんはハンカチを顔に被《かぶ》せて眠ってました。それから新潟まではずっと眠っておられたようでしたね」

「新潟駅前で降ろしたわけですね」

新川が訊《き》く。

「そうです」

「何時頃です？」

日報には、客を降ろした時刻までは記入されない。

「一時五十分頃だと思います。駅前へ出た時、駅の時計が一時四十五分だったことをはっきり憶《おぼ》えてますから」

「彼女は実家へ帰るわけでしょう？　どうして駅で降りたのかな」

「家に電話をかけるといってましたよ。それと、しばらく帰ってないので道順に自信がないから、地元のタクシーに乗るとか。そんなもんですかね」

磯野はちょっと不満そうだ。が、ともあれ客のいう通り、料金を受取って降ろし、そのまままた東京へ引き返したということである。

いっとき沈黙が流れたあとで、西が質問を発した。

「客が降りた時に、あなたはその人の顔を見ましたか」

「さてねえ……」

磯野は首をひねった。

「すらりとした感じの後ろ姿は憶えてますけどねえ」

磯野を帰したあと、西は感想を促すように新川の目を覗《のぞ》きこんだ。

新川が考えこんでいると、西が思い切ったように口を開いた。

「タクシーに乗ったのは本当に玲子だったんだろうか？」

「え？」

「今の話を聞いていて、替え玉だったんじゃないかという気がしてきたんだがね。赤城高原サービスエリアで、彼女が磯野と入れちがいにレストランを出てきたのは、差し向かいになって、はっきり顔を憶えられることを避けたからではないか」

「しかし……実家の両親は、玲子が土曜の午前二時半すぎにタクシーで帰ってきたとはっきり証言していますよ。八時半スタートのゴルフにも予定通り出ているし……」

玲子の話を聞いたあと、とりあえず電話で、新潟の両親とゴルフ仲間の同級生から裏を取っていた。

「親の証言など当てにならないよ。たとえば玲子は、午前六時頃実家へ着いたが、両親には二時すぎに帰ってきたと答えるように頼んだのかもしれない」

「ということは……？」

「いや、これはまだ想像だがね、磯野のタクシーに乗った女は、アリバイを作るための替え玉で、玲子本人は東郷を殺害したあと、自分で車を運転したか、別のタクシーで実家へ帰ったのではないか」

「ははあ……」

再び頭を抱えて考えこんだ新川が、急に顔をあげた。

「そういえば、玲子を東京駅まで送りにきた男がいたはずですね。タクシーに乗るところまで見送って帰っていったような話だったと思いますが」

玲子も磯野も、その男のことにちょっと触れていた。

「うん、その男には改めて確認しなければならない。それからのことだな」

新川はいったん帰宅し、九時にはまた署へ出てきた。玲子に電話し、男の氏名や勤め先などを尋ねた。山崎道夫、齢《とし》は三十代なかばくらい、広告代理店の制作部に勤めていると、玲子は冷静な口調で答えた。

新川はあらかじめ電話した上で、西銀座にある中堅の広告代理店本社まで出向いて、山崎と会った。

「金曜は、新聞広告のグラフィックの打合わせで、貝塚さんにここへ来てもらってました。意外に話が長引いて、彼女が乗る予定の新幹線にギリギリの時間になってしまったので、責任を感じてぼくの車で送っていったんですよ。でもタッチの差で乗り遅れちゃいましてね。彼女がタクシーででも今夜中に帰るといいだしたのは、ぼくも意外だったんですが……運転手に、新潟まで行ってくれるように頼んでるのも、外で聞いてました。運転手が承諾して、走りだすところまで、きちんと見届けて帰りました。もちろん貝塚玲子さん本人にまちがいありませんよ」

山崎は動揺のない口調できっぱりと答えた。

「では、赤城高原サービスエリアまでは玲子本人が乗ったのだ」

新川の報告を聞いた西が、言下にいった。

「すり替ったのは、赤城高原サービスエリアのレストランからじゃないか」

「ああ、それなら、運転手がちょっと意表をつかれた女の行動や、それ以降は女がずっと眠っていたふうで、あんまり口をきかなかったというのも、説明がつきますね」

西は続けた。

「替え玉の女は、自分の車で赤城高原サービスエリアまで行き、駐車場に車を駐《と》めて待っていた。タクシーで来た玲子と入れ替り、そのタクシーで新潟へ。一方玲子は、女が乗ってきた車で、東郷のアパートへ向かう――」

磯野のタクシーは十一時二十分頃赤城高原サービスエリアに着いたというから、そこから関越自動車道を逆戻りすれば、約一時間半で練馬出口へ、そこから中野区上高田の現場までは約二十分で行き着くことができる。東郷が勤め先のスナックから帰ってくる午前二時二、三十分頃には、らくに間に合っただろう。

「もちろん玲子は、東郷の生活を周到に調べていた。アパートの私道の横の生垣の間に身をひそめて、東郷を待ち伏せしていたのではないか。それと、現場の路地にパチンコ玉がひとつ落ちていたね」

「ええ」

「東郷は日頃からパチンコ好きだった。そこで、たとえば玲子が、あの路地の外灯に照らされたあたりに、パチンコ玉をたくさんばら撒《ま》いておいたとしたらどうだろうか。通りかかった東郷は、思わずしゃがんで拾う。その直後、後ろから後頭部を殴りつけた。犯行後はまたパチンコ玉を回収していったわけだが、見落とした一個が現場に残った……」

「なるほど、そういったチャンスを狙《ねら》えば、女の手でも犯行は可能だったと思われますね。でもそうすると、玲子と入れ替って赤城高原サービスエリアからタクシーに乗った女は……」

「玲子が、深いわけは話さずに、友だちに頼んだということもありうる。でなければ、やはり陽子と考えたいんだがね、動機の点からも」

「体型は似てますね」

直接二人に会っている新川が、その点は同意した。

「どちらも身長百六十二、三センチの上背があって、プロポーションがいい感じですね。顔立ちはかなりちがいますが……」

眸《ひとみ》がくるりと丸く、可憐《かれん》なタイプの陽子と比べ、切れ長な目と引き締った唇の玲子は、知的なキャリアウーマンという印象だった。

「いや、相当ちがっても、服やアクセサリーなどを同じにすれば、運転手は騙《だま》されたんじゃないかな。すり替るなんてことは夢にも考えていないわけだし、さっき磯野さんもいっていたように、運転席から後ろの客の顔は、客が気を付けていればそんなに見えるもんじゃない」

「だけど陽子にはアリバイがありますよ」

「シルエットのアリバイか」

二人は顔を見あわせた。

「バイク事故のもう一人の被害者、矢代ユキ子の母親は……」

新川の呟《つぶや》きにかぶせるように、西が強くいった。

「矢代豊子は四十前後で、背はそう高くなく、小太りのタイプだったと聞いたように思う。一方、隣りの看護婦が見たシルエットは、ミシンを掛けたり、布地を切ったり、つまり椅子《いす》に掛けたり座ったりの姿勢だったわけだから、身長のちがいはごまかされたかもしれないぞ」

「とすると……」

「矢代豊子が陽子の替え玉になってシルエットを目撃させた。陽子は玲子の替え玉を務めて、新潟へ行った。東郷に直接手を下したのは玲子。三人の女のチームプレイによって、巧みに真相を韜晦《とうかい》しようとしたのではないか」

「ええ……動機はもちろん事故の復讐《ふくしゅう》……しかしですねえ……」

新川はけんめいに思考を凝らす。

「その場合には、直接の実行犯は陽子であるのが自然ではないでしょうか。なんといっても、一人っ子を殺された母親がもっとも復讐を望んでいたはずですから」

「病気の夫のことを考えたのではないかな。貝塚さんは余命三ヵ月というんだろう？　万一、露顕した場合にも、玲子が主犯、陽子は従犯の形に納めたかったのだろう」

「ええ……まあ、そうかもしれませんね」

新川は、まだどこかしら割り切れない気持をのみくだした。

連休が明けた十月十二日火曜、野方署では玲子と陽子の顔写真を入手した。どちらも、自宅から出てくるところを、張込みの捜査員が望遠レンズで撮影したものだ。

二人の写真を磯野運転手に見せ、新潟へ運んだ客はどちらだったかと尋ねた。

「八重洲口で乗られたのは、この人だったと思いますよ」

磯野は躊躇《ちゅうちょ》なく、玲子の写真を選んだ。

「ですけど、新潟駅で降りたのも確かにこの人かといわれると、後ろ姿しか憶《おぼ》えがないもんでねえ……」

十月九日土曜の午前二時十五分頃に、新潟駅から三十歳前後の女を乗せ、二時四十分頃玲子の実家の住所地で降ろしたという地元のタクシーも特定されていた。〈日本海交通〉の運転手がそのことを憶えていて、日報にも記録されていた。

署から捜査員が出張し、この運転手にも二人の写真を見てもらったが、やはりどちらとも判別できなかった。

赤城高原サービスエリアで玲子が誰かと入れ替ったという証拠は、なかなか摑《つか》めない。が、いったん疑いを抱いてみれば、それは濃度を増す一方だ。選《よ》りに選って東郷が殺害された夜、玲子が新潟までタクシーをとばしたというのが、単なる偶然とは考えられないのである。

一方、陽子と矢代豊子に再度聴取しても、二人とも当夜は自宅にいたと主張し続けている。古賀看護婦にもシルエットの記憶をもう一度確かめたが、

「見てた時は貝塚さんの奥さんと思いこんでたもんですからねえ」と困惑するばかりだった。

玲子の替え玉を務めたのは、陽子たちとは無関係な友だちだったのではないか――？

結局、玲子の行動が明らかにされない限り、捜査は一歩も前へ進めない。

西たちは、玲子に任意出頭を求め、長時間のきびしい聴取を試みた。

あなたは赤城高原サービスエリアで共犯者と入れ替り、その女が乗ってきた車で東郷のアパートへ行って彼を殺害したのではないか？

繰返し追及しても、玲子は頑《かたく》なに頭を振り続けた。

「では、ご両親の証言のほかに、当夜あなたが確かに新潟にいたというアリバイを示す

ことができますか」

「そんなことといわれても、真夜中のことですから……」

玲子は途方に暮れたような溜《た》め息をついたが、その態度に反して切れ長な涼しい眸の底には、何か毅然《きぜん》とした意志がひそんでいるかのように、新川には感じられた。

8

「ぼくを新潟へ行かせていただけませんか」

新川が西に申しでたのは、十月十五日金曜の夜である。

十三日から三日間、連日玲子を署へ呼んで追及を続けたが、ついに自白は得られなかった。

この上は、否認のまま逮捕状を取り、身柄を押さえて吐かせてはどうかという強硬論も出始めていた。

「その前に、確かめたいことがあるんです」

「……?」

「磯野運転手が新潟駅前で女を降ろしたのは午前一時五十分だったそうです。一方、日本海交通の車が駅前から女を乗せたのは、二時十五分と日報に記されている。その間は二十五分です」

「玲子は、実家へ電話をかけて両親を起こし、トイレへ寄ったりしていたと供述していたようだが」

「それにしても、ちょっと時間がかかりすぎてはいませんか。万一そこに、何かの手掛かりがひそんではいないかと……」

そのへんを探ってでもみる以外、手詰りの状況でもあった。


その日、上越新幹線午後九時八分東京発あさひ333号に、新川は乗車した。新潟行の最終で、玲子が乗り遅れた列車である。

新潟へは十一時二十二分に着いた。

彼は駅のそばのビジネスホテルにチェックインして、しばらく時間を潰《つぶ》した。

彼が再び駅前に現われたのは、午前一時五十分、磯野運転手が女を降ろしたのときっかり同じ時刻だった。

駅の構内には電灯が点《とも》っているが、ほとんど人気《ひとけ》もなく、寒々としている。今の時刻から、女が日本海交通のタクシーに乗った二時十五分まで、新潟駅に列車の発着はない。

それはもう調べずみだ。

彼は広場に向かって佇《たたず》んだ。

正面に幅五十メートルぐらいの道路がのび、さほど高層でないホテルやオフィスビルが広場を取り囲んでいる。

この時刻、建物のライトはほとんど消えて、ビルの地下にでもあるらしい飲食店の看板がところどころで滲《にじ》んだような灯りをたたえている。

海の方向なので山稜《さんりょう》のシルエットは見えず、早くも冬を感じさせる鋭い風が暗い道路を吹き抜けていく。

駅前より、数百メートル先の万代橋界隈《かいわい》に、繁華な盛り場がひらけているのである。

二十五分の間に、女が何らかの痕跡《こんせき》を残したとすれば、やはりこの近くの店にでも立ち寄ったくらいのことだろうか……？

彼のコートの内ポケットには、玲子と陽子の、二人の顔写真が入れてある。彼は広場を横切り、滲んだ灯りのほうへ歩きだした。

ビルの地下でまだ営業していたスナックなどを、一軒ずつ訪ね始めた。

この時刻ではどこも客が少い。店の者に二人の写真を見せ、十月九日土曜の今時分、こんな女が来なかったかと訊《き》く。一週間前で、今と同じようにすいていただろうから、女一人の客があれば憶えているはずだった。

四軒目の居酒屋〈ふぶき〉には、客の姿は見えなかった。もつ煮込みやししゃもなどの品書きが上に貼《は》ってあるカウンターの奥で、絣《かすり》の着物の女と、同じ絣の上っ張り姿の男が後片づけにかかっていたようだが、新川が入っていくと同時に振り向いた。

「いらっしゃい！」

新川は警察手帳を取りだして同じ質問を試みる。

「ちょうど一週間前になるんですがね――」

写真に注がれた女の目が、あら、というふうに見開かれた。

「玲ちゃんじゃないの」

新川の手から取った玲子の写真を懐《なつ》かしそうに眺めた。四十すぎくらいの愛敬《あいきょう》のあるお多福顔の女だ。

「ご存知ですか」

「ええ、ええ、ついこの間来てくれたばかりだし」

「先週土曜の今頃ですか」

「そうですよ、久しぶりに顔見せてくれましてね、同級生の結婚式に出るので帰ってきたとか」

女は山本房代といって、昔高校のバレー部のコーチをしていて、部員の玲子と親しく接した。五年ほど前今の店を出して以後は、玲子は帰省のたびに寄ってくれる。この間は、実家の両親が起きて待っているからと、十五分ほどで帰ったが――と、房代は話した。

「二泊していくから、また来られたら来るといってましたが、時間がなかったみたいですね。――それにしても、刑事さんがどうして玲ちゃんのことを？」

東京の殺人事件がこちらでどの程度報道されたかわからないが、いずれにせよ、玲子が容疑に挙っていることまで、知る由《よし》もなかったのだろう。

新川は、ある事件の参考までに、と断って、玲子が立ち寄った日時をもう一度確かめた。夫だと紹介された男も、その時玲子と話を交わしたという。

玲子が立ち寄ったのは、十月九日土曜の午前二時前後の十五分間と、山本夫婦の証言は一致した。

なんのことはない、玲子には明確なアリバイが成立していた――。

新川はある種のショックを噛《か》みしめながら、いちだんと灯火の乏しくなった街路を、ホテルのほうへ歩き始めた。

こうなると、替え玉ではない玲子本人が、磯野運転手のタクシーに東京駅から新潟駅まで乗り、十五分ほど〈ふぶき〉に立ち寄ったあと、日本海交通のタクシーで実家へ帰った、と考えるほかはなさそうだ。

それにしても、玲子のアリバイはまるでそこに刻印されたかのように鮮やかなものだった。しかも、彼女は東郷殺害の容疑で追及された時も、そのアリバイをおくびにも出そうとしなかった。なぜだ？

そのあたりに何かの意図が隠されているような気がする……。

涼しい眸《ひとみ》の底に毅然とした意志をひそめていたような玲子の面差《おもざ》しが、うす闇《やみ》の空間に浮かんできた。それからつぎつぎと、記憶の断片が彼の脳裡《のうり》をかすめる。

「直接の実行犯は陽子であるのが自然ではないでしょうか。なんといっても、一人っ子を殺された母親がもっとも復讐《ふくしゅう》を望んでいたはずですから」

「病気の夫のことを考えたのではないかな。貝塚さんは余命三ヵ月というんだろう？」

西との会話が甦《よみがえ》った。

玲子のアリバイが成立し、彼女の犯行ではありえないとすれば、陽子が実行犯であった可能性が浮上してきた。新川の自然な直感が当ったことになる。

では、最初からその考えが採られなかったのはなぜか？——玲子への嫌疑がその前に立ち塞《ふさ》がっていたからだ。事件当夜に、タクシーで新潟まで帰ったという玲子の行動が、捜査側にはいかにも胡散《うさん》臭く映った。

「替え玉」の疑いが濃厚に浮上し、陽子には不完全とはいえ一応第三者のアリバイ証言がある以上、捜査側の関心は玲子へ引き寄せられた。

一方もしそんなことがなければ、容疑はストレートに陽子へ向けられていただろう。

その場合には、シルエットだけのアリバイで、陽子が身を守れたとは考えられない……。

新川は、頭の中の靄《もや》が少しずつ晴れていく感じを味わった。

実行犯はやはり陽子ではなかったか。陽子がアパートの路地にパチンコ玉をばら撒《ま》き、拾おうと這《は》いつくばった東郷を後ろから殴殺《おうさつ》した。その間、彼女の家でシルエットの役を演じていたのは、矢代豊子。そして玲子は、わざとあさひ333号に乗り遅れて、新潟へタクシーをとばす。赤城高原サービスエリアでの思わせぶりな行動も、あえて「替え玉」の疑惑を誘発するために計算されたものだった。

新潟駅前で磯野のタクシーを降りた玲子は、〈ふぶき〉に立ち寄って不動のアリバイを確保した。だが、それを隠した。

おそらく、否認のまま逮捕され、起訴されても、玲子は沈黙を守るつもりだったのではないか。もし山本夫婦が何もいいださなければ、玲子はギリギリまで容疑を背負い続け、裁判で判決が下る直前になって、アリバイを証明してみせたとしたらどうか？

その時点で玲子がシロになり、捜査が振りだしに戻れば、古賀看護婦の証言を突き崩して陽子の犯行を立証することは、いちだんと困難になっているだろう。

それでもいつか、真相は明らかにされたかもしれない。だがその時には——そうだ、貝塚拓也がすでに世を去っている公算が高い。

「天罰が下ったんですよ。今度ばかりはほんとうにそう思いました。……これでもういつでも、ますみのそばへ行ってやれるような気がします」

貝塚は、昂奮《こうふん》した目を潤《うる》ませてそういった。

玲子の行動は、世話になった兄への最後のはなむけだったのではないだろうか……?

新川は一人でいく度も小さく頷《うなず》いていた。

ホテルの部屋へ戻ると、上越新幹線の時刻表を開いた。

上りの朝一番は、新潟発六時二十一分のあさひ300号——。

これで帰京して……しかし、真相の糾明はなるべくゆっくりしたペースで進めたい。

彼はそんな気持になりかけていた。

三分のドラマ

1

「今そこで、人を轢《ひ》いちゃったんです。すぐ来てください！」

若い男の声で一一九番通報がなされたのは、一月二十四日日曜の午後十一時三十八分だった。

大手町の消防庁三階にある災害救急情報センターがその電話を受け、係官が事故の場所を尋ねた。

「駒沢《こまざわ》通りから下馬のほうへ入ったところで、道路のまん中に石碑みたいなものが……」

男はそれを見にいったのか、ちょっと声が途切れたが、まもなく息を弾ませて戻ってきた。

「葦毛《あしげ》塚《づか》と書いてありますが」

「了解。あなたの住所とお名前は？」

「津川誠。住所は世田谷区上用賀三丁目×番。オーロラコーポ四〇三」

直ちに救急車が向かうから、その場で待つようにと、係官は告げた。

所轄《しょかつ》世田谷消防署から、五分もたたずに救急車が現場に到着した。

そこは住宅地の中の約八メートル幅の道路で、中央に高さ二メートルほどの碑が建ち、それを取り囲んで古木が植わっている。そのすぐ西側の道路中央に、黒のブルゾンとズボン姿のやや肥満体の男が俯《うつぶ》せに倒れていた。

そばにブルーのルーチェが駐《と》まり、痩《や》せ型の若い男が途方に暮れた顔つきで立ちつくしている。

三人の救急隊員が倒れている男に走り寄ったが、ひと目で絶命していることが察しられた。ほとんど望みがないとわかっていても、死亡が確定的でなければ、救急隊はともかくその人を収容して病院へ運ぶわけだが、この場合は、残念ながら死亡の事実に疑問の余地がなかった。すっかり頭がへしゃげた無残なありさまで、夥《おびただ》しい血が路上にあふれ、心臓の鼓動も脈拍もまったく認められなかった。

ほどなく所轄の世田谷警察署からもパトカーが着いた。一一九番通報の時点で、警察へも連絡されている。

その夜当直を務めていた交通課主任の杉原警部補が、部下三人と共に駆けつけた。

日曜の深夜で、車の通行はほとんどなく、街灯も離れているため、あたりはかなり暗い。

ライトを照して現場検証が開始され、杉原はこの様子を蒼《あお》ざめて見守っている若い男に歩み寄った。

「一一九番をされたのはあなたですか」

「はい」

消防庁から知らされている住所氏名を確認すると、相手はその通りだと答えた。

「年齢と職業は？」

「二十八歳で、会社員。会社は五反田にある厨房《ちゆうぼう》器具の販売店です」

津川の口調にはかすかに九州訛《なま》りが感じられた。まるで素人《しろうと》が切ったような不揃《ふぞろ》いな短い髪、浅黒い童顔に丸い縁なし眼鏡をかけた、素朴な印象の男である。

「で、事故はどういう状況で起きたんですか」

津川は、咄嗟《とつさ》にことばを失った表情で杉原を凝視していたが、数秒経《た》って口を開くと、今度は叫ぶような声が迸《ほとばし》りでた。

「寝てたんですよ、あの人が、道路の上に」

「寝てた？」

「寝てたのか倒れてたのか、とにかく、道路の上に長々と……あんな暗いところに大の男が倒れてたんでは、どうすることもできないですよ」

「それで轢いてしまった？」

「葦毛塚に沿ってぐるっと道がカーブしてる格好で、それが終ってすぐのとこですからね。あっと思ってブレーキを踏んだ時にはもう間に合わなくて……」

「轢いてしまってから、直ちに一一九番した?」

「そうです、あそこの電話から」

津川が指さした先では、現場から百五十メートルほど西の道路右側に、電話ボックスと、自動販売機の灯りが光っていた。

その時、何かかん高い女の声が聞こえ、コート姿にサンダルをつっかけた女が路上へ駆けだしてきた。

「ああ、やっぱり事故があったのね……ああ、大変……」

三十代なかばくらいの女は、そんなことを口走っていたが、道路の中央まで来て、ビクリとしたように立ちすくんだ。

俯せに倒れていた被害者は、二人の係官の手で仰向けにされ、担架に乗せられかけていた。係官たちは、署から呼んだワゴンにひとまず遺体を収容しようとしていたのだが、女の口から漏れたことばを耳にすると、担架をもう一度路上に降ろした。

「パパ……パパじゃないの……」

女は呆然《ぼうぜん》とした顔で呟《つぶや》き続けている。

「あなた、この方をご存知ですか」

係官の問いが耳に入ったのかどうか、女はいきなり地面に膝《ひざ》をついて、無残な遺体にとりすがった。

「パパ……パパ……ああ、こんなことになって……やっぱり事故に遭ってたのね！」

「この方は、あなたのご主人ですか」

「主人ですよ。さっきタバコを買いにいくといって家を出たまま、ちっとも帰ってこないので……そのうち救急車のサイレンが聞こえたからまさかと思いながら来てみたら……ああ……」

「では、お宅はこの近所ですか」

「そこを入って、三百メートルくらいのとこです」

彼女は、電話ボックスや自販機があるのとは反対側の道路の角を指さした。幅三メートルほどの細い道が住宅地の中へのびていて、彼女も今しがたそこから出てきたようだ。

やりとりを聞いていた杉原が、彼女に歩み寄った。

「失礼ですが、ご主人がお宅を出られたのは何時頃ですか」

「ええっと……確か十一時半までテレビを視《み》てて、それから腰をあげて、タバコ買いにいくって……」

「あそこの自動販売機へでしょうか」

「そうだと思います。私、とめたんですけど」

「十一時半までテレビを視ていた……」

それから腰をあげて、ブルゾンを羽織るなどして家を出れば、この道路を横断するのは十一時三十三、四分くらいではないか。そこで津川が彼を轢いてしまい、すぐ一一九番したとすれば、十一時三十八分という通報時刻とおよそ一致する。

「ご主人は酒を飲んでましたか？」

「いいえ」

「すると、ご主人が酔って路上に寝てたなんてことは考えられませんね」

「寝てた？　どうしてそんな……主人は酔ってなんかいませんでした」

「じゃ、転んで倒れたのか……」

「そんな感じではなかったですよ。ジッと横になってたんですから」

津川が口を挟んだ。

「急病か何かで、急に倒れて気絶したという場合もなくはないだろうが……」

「とにかく、死んだように倒れてたんです」

「そんなはずないわ！」

突然女がヒステリックな声をあげて津川を睨《にら》んだ。

「ついさっき元気で家を出た人が、五分もたたずに急病で倒れるなんてはずないじゃありませんか」

「しかし、ぼくが通りかかった時には……」

思わず鼻白んだ津川に、女はいよいよ詰め寄るように叫んだ。

「嘘《うそ》ばっかり！　あなた、主人を轢き殺しておいて、そんな作り話をして責任を逃れるつもりなのね！」

2

被害者は矢沢耕一四十一歳。住所は世田谷区下馬五丁目×番。

ともかく被害者の身許《みもと》が判明し、遺体はひとまず世田谷署の霊安室に収容された。

加害者の津川誠と、矢沢の妻富士子三十四歳も署へ同行を求め、改めてくわしく事情を聴取してから、杉原はいったん二人を帰宅させた。津川は事故の事実を認めており、逃走するおそれもなさそうなので、逮捕して身柄を拘束するまでの必要はないと判断した。二人には、翌朝また署まで出向くようにと告げた。

翌一月二十五日月曜の午前十時、監察医務院から、監察医の北坂満平が世田谷署へ赴き、遺体の検屍《けんし》に当った。

東京都内では、すべての変死体を監察医が検屍する決まりになっている。交通事故といっても今回のように加害者と被害者の遺族との言い分が大きくくいちがっている場合には、とくに検屍の結果がその後の成行きを左右する鍵《かぎ》となる。

北坂満平は四十五歳で、都内の大学の法医学助教授であり、週に一回、監察医として大塚の監察医務院に勤めている。決して長身とはいえない痩せ型で、目尻《めじり》の下った好人物そうな風貌《ふうぼう》だが、長年にわたって数えきれないほどの変死体を扱ってきた権威であった。

霊安室での検屍が終ったあと、交通課長の鈴木警部と、杉原警部補が、別室で北坂と対座した。

「被害者は頭部をタイヤで潰《つぶ》された模様ですね。即死に至るダメージを受けていることはまちがいありません」

北坂が持ち前のどことなく飄然《ひょうぜん》と響く調子で口を切った。

「加害者の津川も、とにかく轢いてしまったことだけははっきり認めていますし、彼の車の左前輪と後輪に血痕《けっこん》と頭髪が付着していました」

杉原が頷《うなず》いて答えた。

「津川の申し立てによれば、被害者が葦毛塚の先の暗い路上に俯せに倒れており、ブレーキを踏んだ時はもう遅かった。前輪と後輪の両方で轢いてしまってから、やっと車が停止した、と。車と被害者の状態を見れば、一応それでも納得できるんですが、奥さんのほうは、夫が路上に倒れていたなんてはずは絶対にないと主張するわけです」

杉原は富士子の言い分も北坂に伝えた。

「となると、津川が嘘をついていて、実は被害者が道路を横断中、津川の車にひっかけられ、倒れたところを轢かれたのか、とも想像できるわけですが……遺体の傷からは、そうした状況も考えられるでしょうか」

「うん、ありうるでしょうね。そのような場合、被害者は車に接触して倒れた時、頭などに打撲傷を負ったかもしれませんが、そのあとタイヤで二回轢かれて頭を潰されてしまったため、最初の傷がはっきり認めにくい。こう解釈することもできますから」

「わたしも毎日あそこを通って署へ通勤しているんですがね」

鈴木警部がはじめてことばを挟んだ。

「あのへんの道路は夜暗くて、深夜になると車の通行も少いので、ライトも乏しい。おまけに現場の地点は、目黒方面から来た車にとっては、葦毛塚の陰になる。その暗がりに、黒っぽい服を着た男が倒れていたとしたら、これはギリギリまで気が付かなくても無理ないようにも思えるんですが」

津川誠は、大分県出身で、地元の大学を卒業後親戚《しんせき》を頼って上京し、現在の会社に勤めるようになったという。住居は上用賀の2DKのマンションで、独り暮らしだが、昨夜は目黒本町の妹のアパートを訪ねていた。妹も郷里から東京へ出てきて美容院で働いているが、最近縁談が持ちあがり、その相談もあって遅くまで話しこみ、自分のマンションへ帰る途中だった、とのべている。

彼は運転免許を取得して六年目、三年前から自分の車に乗っており、事故当時酒気は認められなかった。

「ところが津川は今日になって、矢沢さんは単に倒れていただけではなく、もしかしたら死んでいたんじゃないかとまで、大胆なことをいいだしているんです。今朝からまた署に呼んで話を聞いてるんですが」

杉原は二階を視線で示した。

「気が付いた瞬間には、ほかの車に轢《ひ》かれた人が倒れているんだと思った。轢いてしまってからは、泥酔《でいすい》した人が路上で寝こんでいたのかもしれないとも考え直した。いずれにせよ、矢沢さんは全然動かずに、丸太棒のように転がっていた感じだった。しかし、別の車に撥《は》ねられたとするには時間的に不自然で、酒も飲んでいなかったというのなら、もしかして急病で倒れ、すでに死亡していたのではないかと……」

「被害者には、心臓の持病でもあったんですか」

北坂の問いに、杉原はわが意を得たように頷き返した。

「いや、津川があまりに必死で主張しまして、まったくの作り話とも思われないので、念のため富士子にその点を尋ねたところ、一瞬動揺を見せたのです。それで少々きびしく追及しましたら、実は主人には心筋梗塞《しんきんこうそく》の病歴があったと打ちあけたのですよ」

矢沢耕一は五年前まで受験参考書などを出している出版社に勤めていたが、三十六歳で脱サラして、三軒茶屋にある古いビルの一部を借りて学習塾を始めた。経営は順調で、二年後には教室を増築、改装し、教師も二人から四人に増やして今日に至っていたという。

その矢沢が、約一年半前の一昨年秋、突然心筋梗塞の発作に見舞われた。が、幸い発作は軽くてすみ、その後は定期的に医師の診察を受け、注意を守って生活していた。最近は身体《からだ》の調子もよく、安定した様子だったから、急にまた発作を起こすなどということは考えられないと、富士子の言い分は基本的には変らなかった……。

「要するに、津川は、矢沢さんは倒れていて動かなかった。富士子は、横断中を津川の車に轢かれたんだろうと、相変らず二人の主張は平行線で、互に感情的になってきています。二人顔を合わすと、つかみあいでもやりかねないムードなので、離れた部屋で別個に聴取を続けているありさまですが……」

「わかりました。遺体を解剖しましょう」

北坂が引きとるようにいった。

「今日の午後、監察医務院で行政解剖に付します。それによって、心臓発作の有無や、正確な死因が解明できるかもしれません」

3

北坂満平は、顔見知りの刑事課長としばらく雑談してから、署を出た。

しぐれ模様の底冷えする朝だ。自分の車が駐《と》めてある裏手へまわろうとすると、「あの」と低い男の声で呼ばれたような気がした。

振り返ると、ボサボサした髪に丸い顔で縁なし眼鏡をかけた若い男が立っている。

「あのう、監察医の北坂先生でしょうか」

「ええ、そうですが」

「ああ、どうも……お引きとめしてあいすみません」

相手はひどく恐縮するふうに、狭い額をしきりと手でこすっている。

「今そこで、署の人が挨拶《あいさつ》してるのを小耳に挟んだものですから」

「あなたは？」

「あのう、津川誠といいまして……」

ああ、と北坂は了解したが、緊張しきっている様子の津川は、彼の表情が読みとれないのか、自分は昨夜下馬で起きた交通事故の加害者であると、ていねいすぎる口調で説明した。

「先生が被害者の検屍をされ、午後には解剖をなさるので、その結果によって真相がはっきりするだろうと、杉原警部補がいわれたもんですから……」

「事情聴取はもう終ったんですか」

「はい、今日はひとまず帰っていいと……」

「で、ぼくに何か？」

津川は再び息をころし、思いつめたように唇を噛《か》みしめた。

「先生に、一言《ひとこと》聞いておいていただきたかったんです」

「………？」

「ぼくは絶対に嘘《うそ》をついていません。矢沢さんはほんとうに、死んだように横たわっていたんです。突然心臓発作に襲われて、すでに亡《な》くなってたんだと思います」

「どうしてそこまでいえるんですか」

「矢沢さんはかなり太ってたし、その上心臓の持病があったと、さっき杉原さんからチラッと聞きまして、ぼくはいっそう確信を強くしたんです」

それは充分な答えにはなっていない。ただ、彼の思いこみを伝えるだけだった。

「それと……率直にいって、残された奥さんにしてみれば、ご主人の死因が心臓発作でも交通事故でも、現実的には大したちがいはないと思うんです。どちらの判定が下されたところで、死んだ人が生き返ってくるはずもないんですから。だけど、ぼくにとっては大問題なんです」

「…………」

「だって、矢沢さんが心臓発作のためすでに死亡していた事実が認められれば、ぼくには何の罪もないわけです。実は、昨夜会社の顧問弁護士に電話で相談してみたんですが……もし、すでに死んでいる人、つまり死体を轢いただけなら、業務上過失致死の疑いに対しては不能犯が成立し、たぶん死体損壊にも当らないから、結局何の罪にも問われない。従って、民事上も、損害賠償責任は発生しないという話でした」

「まあ、そういうことかもしれませんねえ」

「ところが、ぼくの証言が認められず、矢沢さんが横断中ぼくの車に轢かれたという判断が下されてしまうと、ぼくは業務上過失致死罪に問われ、当然損害賠償も請求されるでしょう。矢沢さんはまだ四十一歳の働き盛りでしたから、慰謝料と逸失利益を加えて莫大《ばくだい》な金額をふっかけられても文句はいえない。でも、ぼくにはそんな金ないんです。保険もたくさんは入ってなかったし、親に頼るにも実家は貧しい農家です。最悪の場合には安い給料から天引きされて、それが一生続く。ぼくの人生はメチャメチャになってしまいます」

津川は一歩北坂に近付き、腰を屈《かが》めて下からさし覗《のぞ》くようにした。

「先生、これでおわかりくださったでしょうか。被害者の遺族にはどちらでもいいことでも、加害者のぼくにとっては、その後の人生が一変してしまうほどの大問題だということが」

「それは、どうかな」

北坂が苦笑して首を傾《かし》げると、津川はまさしく目を三角にしてまくし立てた。

「いや、ほんとうにその通りなんです。ですから先生、そのへんの事情をお汲《く》みとりくださいまして、検屍《けんし》と解剖の結果につきましては……どうぞ、なにとぞよろしく！」

最後は両手を腰にあてて、彼は深々と頭をさげた。

それはどうかな、といったのは、「被害者の遺族にはどちらでもいいこと」と津川が決めつけて、すっかりそう思いこんでいるみたいだったからだ。

車のドアにキイをさしこみながら、北坂は内心でまた苦笑混りに思い返した。彼はわが身にふりかかった〝災難〟に気が動転して、自分のことしか頭にないのかもしれない。

確かに、彼が業務上過失致死の罪に問われ、罰金刑を科されるかどうかは、矢沢未亡人にとっては現実的にさほど重大な問題ではないだろう。

しかし、その結果、彼に賠償責任が発生するか否《いな》かによって、未亡人の今後の生活も大幅に様変りするわけではないか。有罪になった結果、彼が「莫大な金額」を支払うのは、ほかでもない被害者の遺族なのだから。津川の意識からは、そのへんがすっかり欠落してしまっているらしい。

それにしても、十年以上も監察医を務め、平均週に四体ほどの検屍に携っていると、時たまこの種の、関係者からの〝陳情〟を受けることがある。

いうまでもなく、変死体といっても犯罪とは限らず、自殺もあれば災害死もある。もともと誰にも悪意がなくても、検屍の結果ひとつで、関係者の利害が大きくちがってくるケースも少くない。

そんな時に〝陳情〟が発生するのだ。

たとえば……あれはもう五年ほど前になるが――

北坂は環状七号線に車を進めながら、記憶を甦《よみがえ》らせた。

田園調布の高級住宅でガス漏れ事故があり、六十歳代の夫婦二人が死亡した。警察が着いた時にはどちらも息がなく、北坂が現場へ呼ばれて検屍に当った。

ところが、その家に入ったとたん、三十歳前後の男がまず彼を応接室へ案内し、必死の面持《おももち》で懇願した。

「先生、ほんの数分のちがいでもかまいませんから、父のほうが先に死んだことにしていただけないでしょうか」

事情を聞いてみると、その男は死んだ母親の連れ子で、義父とは法律的に養子縁組をしていなかった。また、義父には相当な資産があった。

そこでもし義父のほうが母親よりわずかでも早く死ねば、その遺産は母親に相続され、彼女の死によって今度はその男に転がりこむこととなる。ところが、二人が同時に死亡したり、母の死が早ければ、義父の財産は母に渡ることなく、義父の親戚《しんせき》縁者のものになってしまうというわけだった……。

昼すぎに監察医務院へ帰った北坂が、近所で食事をすませ、また自室へ戻ってくると、ドアにノックがあった。

女子事務員が顔を覗かせ、

「矢沢富士子さんという方が、先生にお話があるといって、さっきからお待ちなんですけど」

北坂は少し首を傾げながらも、身軽に腰をあげた。

「じゃあ、ちょっと会おうか」

関係者との面談に使われる殺風景な小部屋で、三十代なかばくらいの女性が、長椅子《ながいす》に腰掛けていた。彫りの深い派手な顔立ちで、日頃はなかなかの美人なのかもしれないが、今は肌が粉をふいたようにやつれ、疲れきった姿勢で肩を落としていた。

「お待たせしました。北坂ですが」

対座して、視線が合ったとたん、相手の充血した目の中に、何か燃えるような熱気がたちのぼった。

「矢沢富士子でございます。昨夜交通事故に遭って亡くなりました矢沢の……」

「ええ、存じてます。このたびはご愁傷さまでした」

「先生は、さっき警察にいらしてませんでした？」

「ええ、検屍のために。午後には遺体がこちらに運ばれて――」

「じゃあ、加害者の津川という男にもお会いにならなかったでしょうか」

北坂のことばの途中で、富士子がかん高い声で割りこんだ。蒼《あお》ざめていた頬が赤らみ、多少ヒステリックな興奮が窺《うかが》われるような顔つきだ。

「帰りがけにちょっと」

「あの男の目をごらんになりましたでしょ。あれは自分の罪を隠して、怯《おび》えている者の目にちがいありません」

「…………」

「先生、主人は昨夜十一時半すぎに、少しも変った様子もなく家を出ていったんです。それが五分も経《た》つか経たないかで、道路に倒れていたなんて、そんなことが起こるはずもありませんわね。ほんとうに、馬鹿馬鹿《ばかばか》しいったらありゃしない」

「まあ、心臓発作というのは、突然襲ってくる場合もあるようですから……」

「いいえ、津川が嘘をついているのに決まってます。あの男の目を見れば、すぐにわかることです」

縁なし眼鏡の奥の、どこかおずおずとした眸《ひとみ》を、北坂は思い浮かべてみた。

「あの男の魂胆は見えすいています。あんな嘘をついて、業務上過失致死の罪も、賠償責任も、何もかも頬かむりしてしまうつもりなんです。でも、私のほうはそれだけじゃないんです……」

突然涙声に変り、富士子は眉根《まゆね》を寄せ、唇をへの字にして哀願する表情を浮かべた。

「うちには小学三年の娘が一人おります。矢沢はその子を、ほんとうに目の中に入れても痛くないほど可愛《かわい》がって……」

「ええ、ええ」

北坂はしばらく話に付合うことにした。

「結婚して何年くらいになられたんですか」

「今年で十二年でした」

「ずっと東京で？」

「いえ……最初矢沢は東京の出版社に勤めてたんですけど、福岡の営業所勤務の時代に私と知りあいましたの」

「すると、奥さんは福岡のご出身ですか」

「いいえ。私ももともと東京生まれなんですけど、父の会社が倒産して、ひところ福岡の母の実家に身を寄せていた時期がありまして……でも、矢沢が東京本社へ戻るのを機に、結婚して、東京で新生活をスタートしたんですわ。その時から、矢沢はいつまでも人に使われる身分ではなく、将来は独立して自分の事業を創《はじ》めたいという夢を抱いていました」

「なるほど」

「五年前に、主人はその夢を実現しました。最初は小ぢんまりと出発した学習塾が大評判になりまして、二年後には教室を増やして改装し、その時銀行から二千万円借金しました。でもこれは、同額の生命保険に加入しまして、矢沢にもしものことでもあれば、保険金で返済できるようになっていました。先生もご存知かもしれませんが、ローンと組合わせた生命保険は、死因が病気でも災害でも、どっちにしてもローンの残りとほぼ同額が支払われて決済できる仕組みになっていますの。ですから、こちらは問題ないんですけれど……」

富士子の目差《まなざし》が緊張できつくなった。

「問題は、主人がその機会に契約した別の生命保険なんです。三千万円。自分が万一の場合にも、学習塾は残るが、経営がいつまでも順調に続くとは限らない。だから、おまえと娘のその後の生活のために入っておく、と。こちらは災害三倍補償というもので――」

富士子の訪問の目的が、北坂にもおよそ読めてきた。

「つまり、病死なら保険金は三千万円ですけど、災害による死亡、当然交通事故も含まれるわけですが、それだと九千万円支払われることになるんです」

「ええ……」

「主人は毎月の保険料がずいぶん負担になっていたようですが、それでも娘や私のために、高額な保険に加入してくれていたんです。自分は早死するかもしれないという予感があったのかもしれません。その主人の志を無にしては、あんまり可哀相《かわいそう》です！」

　今度こそ富士子の眸に涙があふれ、彼女は上体を傾けてかきくどくように北坂を見あげた。

「申すまでもなく、矢沢が津川の車に轢《ひ》かれた時、ちゃんと生きていた事実が証明されれば、死因は明らかに交通事故ですから、病死の三倍の支払いが認められるわけです。先生、そこのところをどうぞよくよくお含みおきくださいまして……」

　富士子の側でも、死因の判定は損害賠償を左右するだけの問題ではなかったようだ。

「津川の卑怯《ひきょう》な嘘《うそ》に絶対惑わされないでください。私はともかく、残された娘の将来をお考えくださいまして、どうぞよしなに！」

　北坂は短く溜《た》め息をついた。今回は加害者と被害者の両方から〝陳情〟を受けてしまった……。

4

行政解剖は午後四時に終った。

助手に犒《ねぎら》いのことばをかけて、自室へ戻った北坂満平は、女子事務員が運んできたお茶をゆっくりと啜《すす》った。

それからいっとき、窓の外に目を注いでいた。

痩《や》せた常緑樹が二、三本植わっている裏庭に、雲間から漏れる弱い光が注いでいる。午後からやっと薄陽が射《さ》してきたのだが、気温はかなり下っているようだ。

今年は暖冬だったが、ようやく冬型の気圧配置が昨日から強まっていた。昨夜の夜更《よふ》けの路上は相当な冷えこみだったのではないか。

心臓の持病のある矢沢は、温い家の中からいきなり戸外へ出て、あまりの寒さに身をすくめ、足を早めたことだろう。思わず小走りにならなかったとも限らない……。

北坂は視線を室内へ戻し、ハンガーにかけてある背広の内ポケットから手帳を取りだした。

そこに、世田谷署の杉原警部補から聞いた〈村井循環器内科医院〉の電話番号が控えてある。矢沢が最初の発作の時手当てを受け、薬をもらっていたという医院である。

ダイヤルして、こちらの身分を告げ、院長に取りつぎを頼んだ。

「村井ですが」という初老の感じの声が、受話器を伝ってきた。

「監察医務院の北坂です」

「ああ、世田谷署の方がいらして、先生のことはお聞きしています。問合わせのお電話があるかもしれないと」

「それはどうも。――さっそくですが、矢沢耕一さんは一年半前にはじめて心筋梗塞《しんきんこうそく》の発作を起こしたということですね」

「ええ、でもその時は幸い大したことはなかったのです。それ以後は時々来ていただいて、心電図をとったりしていたんですが……」

「最近はどんなふうだったんでしょうか」

最近の様子はさっき富士子からも聞いていたが、改めて主治医に尋ねる。

「ここ半年ほど、ちょっと危険な状態ではあったのです。潜在性心不全といいまして、つまり心不全を起こす可能性が高かった。心臓のポンプ作用が低下してきて、ちょっと身体《からだ》を動かしただけで息切れがひどく、動悸《どうき》がする。肥満ぎみの上、顔や足に多少のむくみも出てましてねえ」

「それで薬を投与されていたわけですね」

富士子は、夫のそんな状態は何もいわず、ただ「先生が念のためにお薬をくださって
いました」と語っていたが。
「そうです。ジゴキシンの〇・二五ミリを一日一錠ずつ」
「それはジギタリス系の薬ですか」
「その通りです。ご存知のように、ジギタリスという物質は、適量なら心臓の薬ですが、
飲みすぎて体内にジギタリスが過飽和状態で蓄積されると、かえって心臓発作を誘発し
やすくなって危険なのです」
「矢沢さんは、まちがって飲みすぎるというようなことがあったでしょうか」
「うむ……そういえば以前に一回だけ、そんなことがありましたね。ずいぶん早くに薬
がなくなったといってこられたので、よく聞いてみたら、一日三回飲んでいたんですね。
それというのも、矢沢さんには一日三錠という血圧降下剤も出してましたから、まちが
いやすいんですよ。以後は充分注意するようにといったんですが……何か、薬の量をま
ちがえていた節でもあるんですか」
「実は、矢沢さんが心臓病の薬を常用していたということは奥さんから聞いてましたの
で、念のために血液検査をしてみたのです。すると、血中のジギタリスのレベルが少々
高かったものですから」
「どのくらいありました？」

「一ミリリットル中三・五ナノグラムです」

「うむ、それは多い」

村井も驚いた声を出した。

「わたしがあげていた薬を正しく飲んでいれば、せいぜい二ナノグラムくらいで止まっているはずなんだが」

「この量は過飽和ですか」

「もちろん。といっても、すぐにも心不全を起こすというほどの数値ではないが」

「するとつまり、危険ではあるが、すぐに死に結びつくほどではないと……？」

「まあ、そういうことです。しかし、どうしてそんなに増えていたのか……」

「いやそれで、矢沢さんには薬の量をまちがえる癖があったかどうかをお尋ねしたわけなんですが。——もし、血中のジギタリスがもっと増加した場合にはどうなりますか」

「最初は吐き気や不整脈などの症状が現われ、ひどくなると心筋梗塞の発作と似たようなショック状態に陥る。血圧が下って意識不明になり、三分か五分で死に至るような例もありますね」

「三分か五分、ですか……」

「必ずしもジギタリスが極端な過飽和までいかなくても、多少過飽和というていどで本人に自覚症状が出ないうちに、アルコール、ニコチン、カフェインなどが加わったり、ちょっと激しい運動をしたために、ショックを誘発してしまったケースも案外少くないんですよ」

「なるほど」

「しかし……矢沢さんには何回か注意した憶えがあるが」

村井は割りきれないように呟《つぶや》く。

「奥さんにも、両刃《もろは》の剣みたいなジギタリス系の薬の危険性を説明して、そばでよく気をつけてあげるようにといっておいたんですがねえ……」

村井との通話を終った直後に、また電話が鳴って、取ると、世田谷警察署からだと交換手が告げた。

「ああ、杉原です。今朝ほどはどうも」

警部補の闊達《かったつ》そうな声が聞こえた。

「解剖はもうおすみになりましたでしょうか」

終りしだいこちらから電話する約束だったが、待ちきれないという口調だ。

「ええ、今しがた」

「で、結果はどうでした？　心臓発作か轢死《れきし》か、死因がはっきりしましたか」

「いや、それがね……」

北坂はちょっと気の毒そうな声になった。

「今回のような場合、解剖して死因が特定できるケースと、どこまでも不明なケースとがあるんですが、残念ながら矢沢さんは後者のほうでした」

「でも……心筋梗塞の跡とか、あるいは車に轢かれた傷の生活反応などを見れば……」

「まずその生活反応なんですが、ご存知の通り、生活反応というのは、人体が致命的ダメージを受けたあとも、まだ何がしかの時間、心臓が動いているうちに出現するものです。傷を負ったあとでも、そこに血液が流れたという証拠ですからね。ところが、昨夜の矢沢さんみたいに車で頭を潰《つぶ》されて瞬間的に死亡するような状態ですと、たとえ生きていて轢かれたとしても、生活反応が現われないんですよ」

「ははあ。では心臓のほうはどうです？」

「心筋梗塞の痕跡《こんせき》ですね。これも、発作の度合いによって、心臓の冠状動脈がすっかり塞《ふさ》がってしまったものなら、解剖でそれが認められますから、発作があったと断定してもいいのです。ところが、すっかりとまでいかなくて、九割がた塞がっていたとか、六割ていどだとかいう場合、それで発作が起きたのかもしれないし、何事もなくすんでいたかもしれない。あるいは、安静にしていれば大事には至らなかったのに、走ったために発作を誘発して亡《な》くなったのかもわからない。これはもう、死に至るまでのありさまをそばで見ていた者でなければ、なんともいえないのですよ」

それから北坂は、矢沢の血中にジギタリスが多かったことと、村井医師との話も伝えた。

「するとつまり、今回の場合には……」

「矢沢さんはいつ発作を起こしてもおかしくない状態だった。それだけは申しあげられるんですが、車に轢かれた時、生きていたのか死んでいたのか、倒れていたのか歩いていたのかということまでは、残念ながら断言できないのです」

「うーむ。こちらも目撃者捜しに全力を注いだんですが、あのへんの道路は、夜更《よふ》けにはほとんど人通りがないみたいですねえ。昨夜はことのほか冷えこんでましたし」

「ああ、それと、血液中から少量のアルコールが検出されています。酩酊《めいてい》というほどの量ではありませんから、ビールくらいちょっと飲んでいたんじゃないですかね」

「やっぱりそうですか。矢沢富士子は、主人は全然酔ってなかったといい張ってましたが。アルコールは心臓によくないんでしょう?」

「タバコもね。事故当時、矢沢さんはタバコを買いにいくところだったという話じゃなかったですか」

「ええ。自動販売機が道路を横断した先にあったんです」

「タバコも心臓の発作を誘発する大きな要因です。医師からとめられていたはずですがね」

「富士子もとめたといってましたが……ほんとうはどうだったのか」

「え？」

「いや、先生、実は今日の午後、いささか気になる情報を仕入れたんですよ」

杉原の声が急に活気づいた。

「矢沢が経営していた学習塾へ、念のため聞込みに出向いたんです。彼の最近の健康状態がどんなふうだったのか、第三者の証言も聞く必要があると思ったもんですから」

「ええ」

「塾の先生二人と、事務の女性の話では、みんな矢沢が薬を飲んでいるのは知っていたが、苦しそうな様子など見た憶《おぼ》えはない。実際どんな具合だったのか、くわしくはわからない、と。ところが、その聞込みの途中で矢沢夫婦の間はあんまりうまくいってなかったらしいという話がとびだしたんですよ」

「へえ……」

「矢沢は、大きな身体で一見磊落《らいらく》そうな反面、ひどく金銭にやかましかったり、嫉妬《しっと》深いところもあったようです。事務所の女性は、富士子とは高校の同級生だそうで、よく彼女の愚痴を聞かされたといいます。矢沢はこっそり富士子の持ち物を調べ、妻が浮気をしているような想像をめぐらして嫉妬に狂い、暴力をふるったりする。何度か離婚を考えたが、自分には生活力がないし、子供も夫のほうに取られてしまうかと思うと決心がつかないと……」

「富士子さんが浮気をしているというのは、本当に矢沢さんの想像だけだったんでしょうか」

今日はやつれていたが、本来なかなか色っぽい美人ではないかと想像された富士子の顔立ちを、北坂は思い浮かべた。

「そこなんですよ。塾の先生の一人が、そういえば、奥さんが若い男と連れだって歩いている姿を渋谷で見かけた憶えがあるといいだした。まだひと月と経《た》たない、去年の暮頃だそうです」

「ほう……」

「富士子の横顔ははっきり見えたが、男は後ろ姿だけだった。それにしても、どうやらふつうの間柄ではない感じだったと。そんなわけで、もう少し富士子の背景を洗ってみようと思うんです」

「なるほど」

「今先生に伺った話ですと、矢沢はジギタリス系の薬を多量に飲みすぎていた形跡があるわけですね。ことによったらそれも、単に本人のまちがいではなかったかもしれませんからね」

行政解剖にせよ、司法解剖にせよ、執刀医はそのあとで担当の警察官に口頭で所見を伝える。が、正式の「鑑定書」を提出するまでには、ひと月くらいの余裕が与えられている。

5

北坂は一応の所見を電話で杉原に告げたあと、意識の隅ではたえず事件のことを思いめぐらせながら、大学で講義したり、研究室の仕事に携っていた。

解剖の結果は、杉原に話した通り、矢沢の死因を確定するには至らなかった。だからあとは、事故の背景を参考にして、監察医としての推論を組み立てるしかない。

津川の車に轢《ひ》かれた時、果たして矢沢は生きていたのか、すでに死んでいたのか。

ひどい心臓発作だと三分以内で死に至るケースもあると、村井医師はいっていた。

たとえ矢沢が事故当時路上に倒れていたとしても、家を出た時刻から推して、倒れていた時間はどんなに長くても三分ていどだっただろう。その間に何が起きたのか——？

その三分間のドラマによって、関係者の利害は大きくちがってくる……。

杉原が監察医務院へ北坂を訪ねてきたのは、解剖からちょうど一週間後の二月一日夕方だった。

「あさってが節分、翌日はもう立春なのに、毎年そんな頃になって本格的な寒さが到来するんですねえ」

小雪のちらつく戸外から入ってきた杉原の顔は、白っぽくこわばって見えた。

「それと大学の共通一次試験ね。たいていその日に限って意地悪く冷えこむみたいですね」

北坂も実感をこめて答えた。

先日彼が富士子と会った部屋で対座すると、杉原は偏平な感じの陽気な顔を、ちょっと複雑な表情で歪《ゆが》めた。

「いや、あれからまたひと悶着《もんちゃく》ありましてね。富士子が津川のアパートへ、毎日のように恨みや脅しの電話をかけたらしいのです。主人は倒れてなんかいなかっただろう、おまえが轢き殺したんだろう、本当のことをいえ、と。津川がノイローゼになりそうだと、署へ訴えてきまして、ぼくが富士子の家へ出向いてやっと電話をやめさせたんですが」

「彼女は多少ヒステリー性格のタイプみたいですね」

「いや、こちらは一週間かけて、彼女の身辺も調べてみたんですが……矢沢の学習塾には、若い独身の先生が一人いて、その男と富士子が深い仲なんじゃないかという噂《うわさ》もちょっと聞いたんですが、両人とも断固否定してましてて、そうなると決め手がないんですね」

「ひと口に、異性関係を洗うなんてよくいいますが、日頃当事者たちが人目につかないよう注意深く行動していれば、それをあとから洗いだそうというのはますます困難でしょうからねえ」

「その通りなんですよ」

杉原は眉《まゆ》を八の字にして、苦笑混りの溜《た》め息をついた。

「一時は富士子の家の張込みまでしてみたんですが、外出して男と会うような気配も見えません。ご亭主があんな亡くなり方をしたあとですから、たとえ愛人がいても、行動を控えているのかもしれませんが。ですからこれが、殺人の疑いでもある場合には、刑事課の協力を求め、相手が尻尾《しっぽ》を出すまで徹底した張込みを続けるんですが、そこまでやるには、われわれの中にも疑問がありましてね」

「……………？」

「そもそも富士子を調べ始めたのは、解剖の結果、遺体の血中にジギタリスが異常に多いと伺ったからですよ。これはもしかしたら、富士子がひそかに食事に混ぜたりして余分に飲ませ、過飽和の状態にしていたのではないかと疑ったわけです」

「ジゴキシンはほとんど味のない錠剤だそうです。だから、それを粉にして食物に混ぜても、わからなかったかもしれない。ただ、矢沢さんの血中の含有量は、危険ではあるが今すぐ死に繋《つな》がるほどのレベルではないというのが、専門医の意見でしたが」

「ええ、ですから富士子は、今後も徐々に量を増やして、最後にはジギタリスによる心臓発作を誘発して、死に至らしめようという計画だった。ところがその前に、彼女にとっては都合よく、夫が車に轢かれて死亡してしまった……」

「すると、夫が倒れていたはずはないといい張って、加害者に嫌がらせの電話までするのは、一種のカムフラージュという疑いも出てきますね」

「いや、疑いだけではなく、事実彼女が夫にジゴキシンを余分に飲ませていたとしますよ。ところがですね、先生。今となっては残念ながら、それを立証して彼女を殺人未遂罪に問うことはほとんど不可能なんです」

「彼女が自白しない限りはね」

「証拠も挙ってないのに、あの女が自分から喋《しゃべ》るはずはありませんよ。たとえ彼女に愛人がいる事実をこちらが摑《つか》んだとしても、それが即《すなわ》ち、彼女が夫を殺そうとした証拠になるわけでもありませんし。そう考えていくと、張込みしてまで彼女の行動を洗っても無意味だという結論になってしまうんです」

「うん……」

「そんなわけで、矢沢富士子の身辺調査も先週で打ち切りにしました。あとは、先生の鑑定書が提出されるのを待って、事故の最終的な処理をしたいと考えています」

「つまり、矢沢さんが轢かれた時、どういう状態であったか、こちらの判断によって、加害者の過失や、賠償責任、ひいては保険金額まで決まってくるわけですね」

「津川が矢沢さんを轢いた事実だけはまちがいないんですが、いってみれば、轢いたが先か、死んだが先か……まあ、何分よろしくお願いします」

結局杉原は、北坂にゲタを預けたような形で帰っていった。

轢いたが先か、死んだが先か——。

解剖の結果だけからいえば、どちらであってもおかしくはない。

おまけに北坂は、加害者と被害者側との両方から陳情を受けていた。

「どちらとも断定できない」という回答もありうるわけだが、それではまた署から杉原たちが来て、話合いの上、いずれは決めなければならないだろう。

さらに一週間ほど検討の時間をおいた末に、北坂は自分なりのひとつの推論を組み立て、鑑定書を作成した。

その内容は——

矢沢耕一を轢いた当時、矢沢は路上に横たわっていたと、津川誠は証言している。とはいえ、その時矢沢がすでに死亡していると断定する痕跡《こんせき》も認められない。

一方、矢沢の血中には、ジギタリスが過飽和で蓄積され、危険な状態であったことはまちがいない。

これらの状況を総合すれば、矢沢は家を出たあと、戸外が寒かったので走るなどの運動をした結果、心臓発作に見舞われ、苦悶《くもん》して路上に倒れたと考えることができる。

激しい発作では三分以内に死に至る例もあるが、矢沢の場合には、倒れて意識を失った時、折悪《おりあ》しく津川の車が通りかかり、矢沢の頭部を轢いて即死させたものと推量する――。

「なるほど。津川と富士子との主張の中をとったようなものですね」

鑑定書を受け取りにきた杉原が、一読していった。

「まあ、そのへんの可能性がもっとも高くて、穏当な線でもあると思いましてね」

「矢沢は倒れていたが、死んではいなかった。確かにこれだと、津川の過失はずいぶん軽減されるでしょう。現場は葦毛塚《あしげづか》の陰で、暗くて見通しの悪い場所でしたから、そこに黒い服を着た人間が倒れていては、注意して運転していても気付くのは困難だと認められるかもしれない。そうなれば、業務上過失致死は成立しないので、賠償責任も免れることになります」

「生命保険のほうはどうです？」

「当然慎重な審査が行われるでしょうが、手当てによっては一命をとりとめられるていどの発作であったと認定されれば、車に轢かれたための災害死亡が適用されるんじゃないですかね。すると、病死の三倍の九千万円が富士子に支払われる。ぼくらが扱った過去の例を見ると、保険会社と受取人との話合いによって病死と災害死との中間の額が支払われるケースもあるようです。いずれにせよ、単なる病死よりずっと有利になると思いますよ」

「それはご同慶の至りですね」

「まったく、先生のこの鑑定は大岡裁きみたいなものですよ」

杉原はやっと肩の荷をおろしたような笑顔を見せた。

「両方ともこれで納得して、一件落着するでしょう」

しかしながら――北坂満平の心の底には、どこかまだモヤモヤした感情が漂っていた。

いつも思うことだが、監察医務院や警察署の霊安室などで対面する変死体は、それぞれが人生の旅を終えたばかりで、まださまざまの歴史や生々しい人間関係をひきずっている。

物いわぬ遺体と面と向かいながら、北坂は決まってしばらくの間、彼らと無言の対話を交わす。彼らが何かしら自分に訴えかけてくることばが、聞こえてくるように感じられる時もある。せいぜいそれを理解しようと努力することが、自分の仕事の大きな部分なのだと考えている。

そして、検屍《けんし》や解剖の結果、一応の結論を出したあとでは、自然とまた死者の貌《おもざし》が脳《のう》裡《り》に甦《よみがえ》ってくるのだ。

その表情がホッとなごんでいるような気がする時には、北坂もひとまず自分の義務を果たしたという安堵感《あんどかん》に浸される。

だが、今度ばかりは、なぜかそれがなかった。

後頭部は無残に潰《つぶ》されながら、顔だけはどうにか原形を留めていた矢沢は、北坂の記憶の中で、依然白っぽい目をむいて彼を睨《にら》んでいた。

恨めしそうな、あるいは悲しげな、生きていれば今にも何かいいだしそうな顔が、北坂の意識の中空に浮かんでいて、いつまでも消え去ろうとしないのだった。

6

約半年がすぎた。

その間にも、北坂満平はまたたくさんの変死体とめぐりあっていた。

梅雨があけてまもない七月中旬の夕方、彼は勤め先の信濃町《しなのまち》の大学からの帰途、タクシーで赤坂へ出た。大学の医学部の同級生で、都内の大学の助教授をしていた友人が、アメリカへ研修に行くことになり、その歓送会が赤坂のホテルの中にある日本料理屋で開かれる。自分の車は大学に置いて、タクシーを利用したのは、帰りの飲酒運転を避けるためだった。

ディナータイムが始まる頃で、ホテルの前にはつぎつぎと車がすべりこんでいく。

北坂は、正面玄関より少し手前でタクシーを降り、数珠《じゅず》つなぎになった車の横を歩いていった。

と、彼より二台ほど先に停まっていたタクシーのドアが開いて、黒地に花柄のドレスを華やかに着こなした女性が降り立った。

ホテルのスイングドアへ歩み寄る女の横顔を見て、北坂は軽く息をのんだ。彫りが深くて派手な造作のその顔は、矢沢富士子にちがいない。

彼が富士子に会ったのは、彼女が監察医務院を訪ねてきた日の一回だけだった。その時は夫の死の直後で、やつれきっていたが、それでももともとはなかなかの美人ではないかと想像されたものだ。

今、濃いめの化粧をした彼女の顔は、初夏の夕映えにほんのりと照らされて、ハッとするほどみずみずしく輝いて見えた。齢《とし》は三十五、六と聞いたように思うが、三十前後でも通るくらいの若々しさだ。

北坂は彼女に続いて、ホテルへ入った。

富士子はロビーの左手から下りのエスカレーターに乗った。

北坂の行く料理屋も地下一階なので、自然とあとに続く。

地階に降りた彼女は、通路の両側をちょっとすかし見るようにしてから、再びハイヒールの足を進め、ほの暗いイタリア料理店の中へ姿を消した。

北坂の約束の店は通路の反対側なのだが、彼は富士子が消えた店の前まで行き、瞬時立ち止まってから、思いきって中へ入った。何か説明のつかない好奇心につき動かされていた。それはあるいは、富士子の目をみはるばかりの変貌《へんぼう》ぶりのせいであったかもしれない。

店内はほの暗く、十脚ほどのテーブルの七割がたに客が入っている。

富士子は、壁に沿った二人用の席に、こちらに背を向けて腰を降ろした。

向かい側には、眼鏡をかけた若い男がすでに掛けていて、彼女を待っていた様子だ。

二人の視線が激しくからみ、なんともいえない歓喜の微笑を交わす——その様子が、こちらを向いた男の表情の動きだけで、北坂には手にとるように感じられた。

彼は、斜め横にあいていたテーブルへ歩み寄った。二人にほぼ背を向ける位置に掛けるつもりだ。

ボーイが近付いてくる前に、自分で椅子《いす》を引いて、その時何気ないふうに、富士子の前の男の顔を見た。

店の中はほの暗いが、テーブルごとに赤い小さなランプが点《とも》してあり、それが男の顔を下から照していた。きちんと七三に分けた黒い髪。メタルフレームのとびきり洒落《しやれ》たデザインの眼鏡をかけ、そのせいか一見知的で垢抜《あかぬ》けした雰囲気。ライトブルーのよくフィットしたスーツの袖口《そでぐち》から金のカフスボタンが覗《のぞ》いている。年齢は二十七、八から三十の間。

素早くそれだけ見てとった北坂は、いったん椅子に掛け、ボーイが差しだしたメニューを受取った。

革表紙のメニューを開き、その陰から再び男の顔へ視線を注いだ。

二人は互いに凝視《みつめ》あい、ことばを交すのに夢中で、北坂の存在などまるで意に介していないふうだ。

北坂の脳裡に、記憶に残るひとつの顔が浮かびあがった。

世田谷署の横手で、遠慮がちに声をかけてきた男。

「あのう、監察医の北坂先生でしょうか。ああ、どうも……お引きとめしてあいすみません」

ボサボサした髪の丸顔で、縁なし眼鏡をかけた若い男――。

しかし、あの縁なし眼鏡の下にあった顔と、今、モダンなメタルフレームをかけた顔とがまちがいなくひとつに重なりあった瞬間、声にならない嘆声が思わず北坂の喉《のど》をついた。

変貌は富士子だけではなかった……！

いや、津川はむしろ事故当時、わざと朴訥《ぼくとつ》らしく装《よそお》っていたのではないだろうか？

「——半年間も会わずにいるなんて、気が狂いそうだったわ」

富士子が喘《あえ》ぐように訴えている。

「ぼくだって。でも、もう大丈夫ですよ。警察もすっかりあきらめたでしょう」

「私の顔も忘れちゃったくらいじゃないかしら。交通事故は毎日のように起きてるんですもの。だけど、あのあとの一週間くらいは、四六時中見張られてるみたいで、ほんとに気色悪かった」

「彼らはあなたの異性関係を洗いだそうとしたでしょうからね」

「まず学習塾、つぎは主人の友だちなんかにつぎつぎ探りを入れてたみたい」

「ははは。ぼくらは矢沢さんやあなたの日常生活にはまったく無縁なところで知りあったんだからね。こちらが行動を慎んでいる限り、彼らに嗅《か》ぎつけられる気遣いはないんですよ」

「そういえば、今年は母の三回忌になるの。またブルートレインで福岡へ帰るつもりだから、あなたもいっしょに行かない？　今度は堂々と同じ寝台車で……」

どちらの席にも、ボーイがオーダーを聞きにきた。

北坂は、急用ができたからと断って、レストランを出た。

エスカレーターの先にある、こちらは照明の明るい日本料理屋には、三、四人の友人たちがすでに顔を揃えていた。

北坂は彼らに軽く手をあげてから、レジの反対側にある電話機へ近付いた。

世田谷署の番号はメモしてあった。

そちらへかけると、幸い杉原は席にいた。

「矢沢富士子と津川誠が旧知の間柄だったことがわかりましたよ。見事にいっぱい食わされていたようです」

北坂は、今しがた見聞きした二人の様子を手短かに伝えた。

「どうやら彼らは福岡行のブルートレインで知りあったような話でしたね。津川のことば遣いには確かに九州訛りが感じられましたが、富士子もあちらに縁があったんですか」

「津川は大分県の出身だったと思います。富士子はもともと東京生まれのはずですが……そういえば、父親の会社が倒産して、一時福岡の母親の実家に身を寄せていたことがある。その時、出版社の福岡営業所勤務だった矢沢を知って結婚したと……」

「ああ、それで、母親の法事か何かで福岡へ行き、その車中で津川と出会ったんでしょう」

「その後二人が注意深く人目を忍んで逢引《あいび》きしていたら、これはあとから追跡調査してもなかなか浮かばなかったわけだ。殺人事件の徹底的捜査ならまだしも、交通事故調査の範囲ではねえ」

「そこが彼らの巧妙な陽動作戦だったんでしょう」

「うーん」

忌々《いまいま》しげに唇を噛《か》む杉原警部補の顔が見えるようだ。

「あの時先生は、もし矢沢が最初に撥《は》ねられて、頭部に打撲傷を負っても、そのあとで同じ部位を轢《ひ》かれれば最初の傷はわからなくなってしまうとおっしゃいましたね」

「ええ、そういう場合もあります」

「おそらく、実際の犯行はいたって簡単だったんだ。津川か富士子が矢沢の頭部を殴打《おうだ》して失神させ、二人でその身体《からだ》を葦毛塚の陰の路上に横たえた。その直後に、津川が車で通りかかって轢いてしまったふりをして、一一九番した……」

「たぶん富士子は、日頃から矢沢さんに、あるていどのジギタリス系の薬を食物に混ぜて飲ませていたんだと思いますね。その状態で、津川に轢き殺させる」

「津川は矢沢が最初から倒れていたと主張し、富士子はそんなはずないと突っぱねる。二人は真向から対立し、それで遺体が解剖に付されると、過飽和のジギタリスが検出される。つまり富士子はあえて、自分がひそかに夫の心臓発作を誘発しようとしていたのかもしれないという疑いをかぶった。それによってますます、事件の焦点が心不全か轢《れき》死《し》かの判定に集中するように仕向けたんですね」

「二人ともっともらしく、ぼくに陳情にきたり、富士子が津川に嫌がらせの電話をかけたり、念の入ったものです」

北坂は苦笑した。

「今度こそ刑事課を動員して、二人があの事故の以前から付合っていた証拠をつきつけ、犯行を立証してみせますよ」

電話を切って、友人たちの談笑している席へ向かいながら、

「轢いたが先か、死んだが先か……」

北坂は独り言に呟《つぶや》いてみた。

すると、矢沢の顔が久しぶりにまた脳裡に浮かんできたが、それは不思議にもう以前のように、白目をむいて彼を睨んではいなかった。

北坂はホッとして、こんな時にもたらされるおだやかだが深い安堵《あんど》感《かん》が、自分の仕事を支えてくれているのだと、改めて感じた。

独り旅

「香山さん、香山さん」

旅館の玄関を出かけていた私がその声で振り向いたのは、名前を二回か三回も呼ばれてからであっただろう。

女将《おかみ》はまだ上り框《がまち》に膝《ひざ》をついていて、後ろに中学一年生くらいの少女が立っていた。女将の娘らしいことは、上品な細面が似ているのから想像がつく。名前を呼んだのは女将のほうだった。

「お忘れ物ですわ。これ、香山さんのじゃございませんか」

ワインレッドのエナメルのセカンドバッグを娘の手から受取り、女将がそれを私のほうに示した。

私はあいまいに微笑しながら、二人を見較《みくら》べた。苦笑に近かったのは、ふたつの理由からだ。

「あそこに置いてあったんですけど」

少女が、河原のほうへ張りだしているロビーの奥を指さした。私がそのバッグを持っているところを、旅館の人たちは何度か見ていたはずだし、昨夜からの泊り客は初老の夫婦者と私の二組だけだったので、私の忘れ物にちがいないと察したらしかった。

少女の顔を見返しているうちに、私の苦笑は一見何の屈託もない朗らかな笑いに変っていた。私は子供が好きだ。

「ほんと。さっきあそこで新聞を読んだあとで置き忘れたんですわ。ありがとう」

私はそれを受取って、なおも少女に笑いかけた。

「何年生？」

「小学六年です」

「今度中学ね。学校は遠いの」

「バスで修善寺まで……」

「そう」

今日は日曜なので家にいたのだろう。

私はセカンドバッグをボストンバッグの中にしまいながら、ガラス戸の外を眺めやった。玄関前から上のバス道路までの急斜面には、九十九折《つづらおり》の私道がついていて、両側に桜並木が続いている。いっせいにみずみずしい新芽をふいて、うららかな午後の陽射《ひざ》しを浴びている。三月はじめでも、狩野川《かのがわ》の河原から渡ってくる風には、もう陽春の温《ぬく》みがこもっていた。

「この桜が満開になったら、ほんとに見事でしょうねえ」

「それはもう。下田街道をもうちょっと下った先にもこんな桜並木がございましてね。三月末か四月初めにはすっかり咲き揃《そろ》いますわ。年によって多少時期がちがいますけれど」

「ええ、ですから、七分咲きの頃合いに、お葉書ででもちょっと知らせてくださいね」

私は昨夜頼んだことを繰り返した。

「そしたら勤めを休んででも来ますわ。私、桜の花盛りを見るのが何より好きなの」

私の弾んだ声に、女将は目を細めて頷《うなず》き返した。

「じゃあ、今度は春休みに会いましょうね」

私は少女に軽く手を振って背を向けた。

「ありがとうございました」という二人の声が私を送りだした。私に好印象を抱いたことは、その響きからも明らかだった。

私もまた、快い満足感に浸されながら、緩やかな歩調で坂道をのぼっていった。

東京から楽に一泊で往復してこられる程度の独り旅が、私の唯一《ゆいいつ》の愉《たの》しみだった。有楽町の高級ブティックに勤めている私は、渋谷のマンションでも独り暮らし。でも群馬県の小さな町にある実家へは、もう二年も帰っていない。父はその町の開業医で、今は兄も医院を手伝っている。甥《おい》と姪《めい》が四人もいて、一日中騒々しい実家へ帰っても、ちっとも休まらないからだ。私は子供好きを自認しているくせに、なぜか血の繋《つな》がっている甥や姪は少しも可愛《かわい》くないのだった。

代りに私は、しばしば週末の独り旅に出る。私の勤め先は、商社と銀行の入っているビルの地下にあるので、ビル全体がクローズされる日曜日はブティックも休み。土曜日は私を含めて三人いる女子店員が交代で休んでいた。

私は、大きなホテルや、団体の入る旅館などには決して泊らない。オーナーの家族が一人か二人の仲居を使って、主に顧客だけを相手に細やかなサービスを施す旧《ふる》い高級旅館が、私の好みである。そんな宿はどこの観光地にもひとつやふたつは必ずあるものだ。時には驚くほど高い代り、旅館側は顧客のプライバシーに口が固いので、有名人やどこかの重役などがひそかな逢引《あいび》きの常宿にしていたりして、経営は充分に立ち行くらしい。私の女子大の同級生が旅行社に勤めていて、そんな宿をつぎつぎに見つけてくれるのも好都合だった。

一人で泊る私は、先々でいつも女将や年輩の仲居と親しくなる。花の季節や紅葉の時期に知らせてほしいと頼んでおけば、大抵約束を守ってくれるはずだ。だから今度も、三月末か四月初めに、この中伊豆の旅館からの葉書が「香山怜子《れいこ》」宛《あて》に送られるにちがいない。

〝忘れ物〟のほうは、うまくいかないこともある。

私はボストンバッグを左手に持ち換えながら、一人でまた苦笑した。わざと置いてきた忘れ物というのは皮肉にまた持主の許《もと》へ戻ってくるものなのかもしれない。

あれはこの正月あけに、京都嵯峨野《さがの》の旅館に泊った時だったか、洗面所の棚に黄色い革のペンケースを置いてきた。割に高級品のボールペンが一本と、スイス製の折畳みナイフが入っていた。ちょっと惜しい気もしたが、都内でいくらでも手に入る品だった。ペンケースには名前も書いておいたので、旅館の人があとで私のものだと察しをつけ、私が宿帖《やどちょう》に記入した住所へ送ってくれると期待していた。

ところが、宿を発《た》って、渡月橋の付近をぶらついていた私は、小学三年くらいの男の子に呼びとめられた。裕福な家庭の坊ちゃんといったムードの子供で、前夜旅館のロビーでゲームの相手をしてやったことを私は思い出した。

『お姉さん、もう帰るの』と少年は私に声をかけた。

『そうよ。君は？』

『まだ泊ってるんです。退屈だから遊びにきた……』

少年はなおも私の顔を見あげながら、妙にモジモジしていると思ったら、ブレザーのポケットから黄色のペンケースを取りだしたのだ。

『これ、お姉さんのじゃありませんか』

私は、今日と同じようにあいまいな微笑でそれを受取り、改めるともなく中を開けてみた。ボールペンとナイフも元通り納まっていた。その時、私は少年の黒々と澄んだ眸《ひとみ》が、子供らしい輝きをたたえて、私の手許にあるナイフに注がれているのに気がついた。鋏《はさみ》や缶切りなど幾種類もの刃物が赤いフレームの中に畳みこまれている分厚いアーミーナイフである。

私は少年にそれをプレゼントして、手を振って別れてきた……。

さっきも、女将の前でなかったら、私は少女にエナメルのセカンドバッグを与えたかもしれない。そんな行為は、しばらくの間、奇妙に私の心を浮き浮きさせてくれるから。

ともあれ彼女に見つけられたお陰で、あの〝忘れ物〟を「香山怜子」宛に送ってもらおうという目論見《もくろみ》は失敗したわけだ。代りにその分だけ、桜の便りを念押しして頼んでおいたけれど。

香山怜子などという女を、私は知らない。名前を呼ばれてもすぐに気がつかなかったのは、そのためだ。知っているのは、香川鈴子。二十四歳。私と同じブティックで働いている。私より五つも若くて、店に入ったのもずっとあとなのに、ビルの上にある商社の社員とたちまち親しくなって、去年の暮に婚約した。結婚式は九月の予定とか。

この週末を含む十日ほど、彼女のフィアンセはヨーロッパへ出張している。お陰で私は鈴子から、凱旋門《がいせんもん》やタワーブリッジの絵葉書を一日おきくらいに見せられていたのだ。

そこで、「香山怜子」の宿泊カードの住所には、鈴子のフィアンセのマンションを記入しておいた。いずれこの宿の女将から、彼の許へ葉書が舞いこむことになる。最近のようにマンション生活者が増えてくると、部屋のナンバーさえ明記しておけば、誰宛の郵便でもその部屋のメールボックスへ投げこまれるようだから。すると彼は、自分の留守中に鈴子がひそかな旅に出て、偽名を使い、いい加減に彼の住所を書きこんできたと考えるのではないだろうか。そんなことをしたのは、鈴子の傍らに別の男がいたからだと、疑いはしないだろうか……？

無論、こちらの思惑通りにはいかないにせよ、多少のわだかまりが彼らの間に生まれることだけは確かだ。それも度重なれば、大きな不信の因《もと》となり、二人の仲を裂かぬとも限らない。

今日も、私はひとつ、不信の種を蒔《ま》いた。

私の独り旅には、そんな愉しみも秘められていたのだ。

中伊豆から帰って十日ほど経《た》った三月中旬の木曜日、閉店の七時が間もないころ、ブティックの主任がカレンダーを見ながら呟《つぶや》いた。

「杉森君は今日で三日目だな」

杉森こずえはあと一人の女子店員だが、火曜日の朝、本人が風邪で休むと電話をかけてきて以来、音沙汰《おとさた》がなかった。その電話を取ったのは、主任の大木だった。

「ひどい声を出して、熱もあるといってたから、まだ寝こんでるのかもしれないな」

「たちの悪い香港《ホンコン》風邪が流行《はや》っているといいますものね」と私が応じた。香川鈴子は聞こえているのかいないのか、素知らぬ顔でショウケースの中のスカーフを並べ直している。心はもう閉店後のデートにとんでいるのかもしれない。

「よほど悪いのなら、様子を見にいってやらんといけないんじゃないのかなあ」

四十すぎで額の禿《は》げあがった大木は、意向を図るような目差《まなざし》を私に注いだ。

「ご主人はおられないんでしょうか」

「東南アジアへ出張して、十五日まで帰らないそうだ」

「じゃあ、彼女一人なんですね」

杉森こずえは、この店の中では唯《ただ》一人のミセスだが、私よりも若くて二十七歳。青山のマンションで夫と暮らしている。夫は衣料品メーカーのマーチャンダイザーとかいう職種だそうで、海外や国内の出張が多い。その間はこずえ一人になるわけだった。

「もし今日でも時間があったら、ちょっと覗《のぞ》いてあげてくれないだろうか。家も近いことだし……」

大木は逆三角形の目に如才ない笑みをたたえて私を見守った。そんなことを頼むのは、独身で夜の時間を持て余している私に限ると、内心では考えているのにちがいない。

「彼女、喉《のど》を痛めてるんですか」

「ああ、ひどい嗄《しゃが》れ声でね。喋《しゃべ》るのもつらそうだった」

それでは仮病でもないらしい。こずえが夫の留守勝ちをいいことにして、服飾デザイナーの愛人をつくり、時々店をさぼって旅行などに出かけているのを、私は知っている。

彼女自身が時々それらしい話を匂《にお》わせているからだ。

「それでは電話をかけるのもかえって迷惑でしょうしね」

私はさりげなく答えた。

「帰りに寄っていきますわ」

「そうしてくれるとありがたい。男のぼくではなんだからね。少し早目に出てもいいよ」

「じゃあ、そうさせていただきますわ。なんだか心配になってきたから」

私は心底気遣わしげに眉《まゆ》をひそめ、裏へ入って、鏡の前で身仕度をはじめた。私は大柄なほうで、顔の造作も大きく、彫りが深い。この店にいる三人の中では、私がいちばん美しいと自認している。ただ、私の黒い大きな眸《ひとみ》は、目尻《めじり》が釣っているし、形のいい唇は、ほんの少し深すぎる程度に、両端が上向きに切れこんでいた。そんな特徴のために、私の容貌《ようぼう》はかすかながら恐ろしげで、何かしら邪悪の性格因子を連想させるような印象を、人に与えるらしかった。私が独り旅に出て、宿の人や子供たちと打ちとけるのは、相手が私のことを、容貌の印象に反してなんといい人なのだろうと、たちまち好感を抱きはじめる様子を見ているのが面白いからでもあった。

地下鉄で青山へ出て、こずえの住んでいる四階建のマンションへ着いたのは、七時四十分前後だった。蔦《つた》のようにカーブした鉄の柵《さく》と芝生のベルトに囲まれたエキゾチックなマンションには、水商売の女性や二号さんなどもかなり住んでいると、いつかこずえが話していた。住人にとっては、今はひどく中途半端《はんぱ》な時刻とみえて、蛍光灯の点《とも》ったロビーは森閑としていた。

私はエレベーターの前まで行き、ボタンを押しかけたが、ちょうど下ってくるらしいのがランプの点滅でわかったので、そのまま待っていた。

エレベーターが着いて、女が一人出てきた。もっとくわしくいえば、彼女は扉が半分も開くのを待ちかねたようにとびだしてきて、あやうく私と正面衝突しかけた。ギョッとしたように目を瞠《みは》り、つぎには顔をそむけて身体《からだ》をずらすと、小走りにロビーを横切っていった。洒落《しやれ》た小豆色のコートを羽織った水商売風の女だった。

私は空になった函《ケージ》へ入って、4のボタンを押した。

四階の廊下もひっそりとしていた。私は二度ほどこずえの部屋へ遊びに寄ったことがあるので、迷わずドアを捜し当てた。

ブザーを押す。

応答がないので、ノックしてみる。

が、内部は静まり返っている。

やっぱりこずえは仮病を使って、愛人と遠出しているのだろうか。

それともよほど悪くて、起きられないのか。

まさか急性肺炎にでも罹《かか》り、救《たす》けも呼べないままに……？

私はドキリとして、思わずノブをひねった。

意外に、ドアは開いた。

室内には電灯が点っていた。

「杉森さん……いかが、おかげんは……？」

私は声をかけながら床へあがり、リビングルームの入口まできて、こずえを発見した。

彼女は応接セットの椅子《いす》から崩れ落ちたような格好で、テーブルの横に俯《うつぶ》せに倒れていた。グレーのタートルネックのセーターの襟首から、頭のてっぺんまでが、絨毯《じゅうたん》の吸いとりきれない血溜《ちだま》りの中につかっていた。

私の一一九番で救急車が駆けつけ、こずえは病院へ運ばれたが、着く前に死亡したことが、折返しこちらへ報告された。

そのころには、機動捜査隊や所轄《しょかつ》署の捜査係も出揃《でそろ》い、現場検証と聞込みが開始されていた。

私は高浜と名乗った所轄署の警部補から、長時間の事情聴取を受けた。

店の主任にいわれて見舞いに来た経緯を、私はありのままに話した。

「風邪をひいて休んでたんですか」と、高浜は念を押した。三十五、六で体格のいい、スポーツマンタイプの刑事だった。

「ええ、でももう起きられるくらいに回復してらしたんでしょうね。タートルネックのセーターを着てたから、まだ喉が痛かったのかもしれませんけど」

私が比較的冷静でいるのを見てとったのか、彼は、

「セーターの襟の上から鋭利なナイフで刺された模様ですね、頸動脈《けいどうみゃく》が切られて、それが致命傷です。ほかにも三ヵ所ばかり、頭や顔をメッタ突きにされている。むごい犯行です」と打ちあけてくれた。

「室内には物色された形跡もないので、顔見知りによる怨恨《えんこん》の犯行との見方が強いのですがね。被害者が人に恨まれていたというようなことは、お心当りないですか」

「さあ……誰にでも好かれる人で、そんなこと考えられませんけど」

「ご主人の関係でも、何かそういった話を耳にされたことはなかったでしょうか」

私はこずえの夫の勤務先などを、最初に訊《き》かれて答えていた。捜査員はさっそく会社へ連絡をとっていたようだ。

私は、しばらく躊躇《まよ》ってから、こずえに愛人がいたらしいことを打ちあけた。たぶん杉本某とかいう名の服飾デザイナー……私は推測できる限りの情報を伝えた。無論、捜査のために役立つならばと考えたからだ。が、もし相手が事件と無関係だとわかれば、わざわざ夫に伝えたり、外部に漏れないようにしてあげてほしいと頼んだ。すでに死ん

でしまった同僚の名誉を傷つけることなど、決して私の本意ではないから。

高浜警部補は私の話に強い関心を示した。

「被害者は来客を居間まで請じ入れて、話している最中に襲われたとの見方が有力です。ということは、顔見知りだった可能性が大きい」

「………」

「しかも、あなたは凶行の直後にここへ来た模様ですね。あれだけ刺されていても、被害者にはまだ息があったのですから」

それは、こずえの傷口からあふれだした血が、すっかり絨毯に吸いとられていなかったことからも察しられた。

「あなたがこの部屋へ入る前に、物音を聞いたり、あやしい人影を見かけたような憶《おぼ》えはありませんか」

それで私は、ハッと思い出した。そうだ、もっと早くに気がつくべきだったのだ!

「見ましたわ。ぶつかりそうになったんです、ロビーのエレベーターの前で……!」

私はさっき函からとびだしてきた女のことを告げた。

警部補はいよいよ目を光らせた。

「それは、四階から下ってきたんですね」

「まちがいありません、私がボタンを押そうとして見あげたら、ちょうど4のランプが消えて、どこにも止まらずに降りてきたんですから」

「水商売風の女といわれましたね」

「なんとなくそんな感じがしたんです。今、髪をアップに結っている人は少いし、すれちがった時香水の匂いがしました」

「齢《とし》は？」

「もう四十はすぎていたかもしれませんね。キリッとした目のふちに小皺《こじわ》が寄っていたし……」

「その女性にこれまで見憶えはありませんか」

「いいえ、全然」

「では、もう一度会えばわかりますか」

「それは、わかるかもしれませんわ」

高浜は指を鳴らして頷《うなず》いた。

「なにせ物証の少い事件ですからね。凶器の刃物も残されてないし、目撃証人は今のところあなただけです。今後も何かとご協力を願うかもしれませんよ」

彼は下駄を預けるようないい方をしたが、そのことば通り、私は事件後ひんぱんに所轄署へ呼ばれる破目になった。

その間にはほかの刑事がブティックにやって来て、主任や香川鈴子にも事情聴取していった。彼らにとって、私は大事な証人であると同時に、容疑者でもあるらしかった。事件の発見者は常に最初に疑われるというから、やむをえないのかもしれない。が、間もなく警察も、私が杉森こずえを殺すほどの動機など、どこを叩《たた》いても出てこないことを認めたようだった。

私がシロになれば、私の証言はそれだけ信頼性を増した。私がたびたび警察へ呼ばれたのは、つぎつぎに捜査の対象に挙ってくる女性たちの「面わり」をするためだった。捜査本部では、私がエレベーターの前で出くわした女が犯人である可能性濃厚と睨《にら》んでいるようで、その点は私も直感的に同意していた。証人に容疑者の顔を見分けさせることを「面わり」と呼ぶことも、私はまもなく憶えた。

所轄署へ出頭するたびに、私は刑事の案内で陰気な小部屋へ入れられ、刑事がカーテンを払うとガラス越しに隣室が見えた。そこでは、決まって別の刑事が女性を取調べている様子で、刑事はこちらへ背を向け、女は私のほうに向かって腰掛けていた。

「あちらからは見えないから、気にすることはありませんよ。隣りの部屋では、このガラスが鏡のようになっているのです。だからよくあの女性の顔を見て……どうですか、事件の日にロビーで出会った女ではないですか」

刑事は、取調べ中の女性がどういう立場の人なのかはほとんど説明してくれなかったので、私は相手の風采《ふうさい》から勝手な想像をめぐらした。きっと私が観察した女たちの中には、こずえの愛人の妻や、夫の浮気相手も混じっていたかもわからない。

しかし、あの日私が間近に見た女の面差《おもざ》しを彼女らの上に重ねることは、どうしても無理だった。

事件から二週間あまりたち、私は数日ぶりにまた署へ来てほしいと頼まれた。私の出頭も七回目を数えていた。

高浜警部補が私を出迎え、すぐに例の小部屋へ案内した。

カーテンが開かれ、隣室の女性をひと目見た瞬間、私は息をのみ、つぎにはズーンとしためまいに襲われた。アップの髪、狭い額、剃《そ》り落とした上から茶色く描かれた眉《まゆ》と、はっきりした眸《ひとみ》。今日の彼女は、ボリュームのある上半身に私のブティックで売っているような輸入品のブラウスと黒いスウェードのベストを着ていた。

「見憶えがありますか」

高浜は私の顔つきから何かを感じとったらしい。

「ええ、あの人ですわ。あの人とぶつかりそうになったんです、エレベーターが開いた途端に……」

「本当ですか」

「まちがいありません。四十すぎの年配といい、水商売風のちょっと垢抜《あかぬ》けした感じなんかも、憶えていた通りだわ」

「確かに、彼女は西銀座のバーの雇われママなんですがねえ……」

高浜の口調には、意外そうな響きが強かった。隣室の女性が、さほどきびしい取調べを受けているというのでないことは、彼女がらくな姿勢で腰を掛け、時には微笑を浮かべて受け答えしている態度からも推測できた。簡単な事情聴取といったムードであろう。

「深尾という苗字《みようじ》に聞き憶えはありませんか」

と高浜が尋ねた。

「いいえ」

「杉森こずえさんがそういう人と付合っていると、聞いたこともないですか」

「いえ、思い出せませんけど……」

私が思い出したのは、前にも彼から同じ質問を受けたことだけだった。

「その苗字に、何か意味があるんですの」

「ええ……実はあの日、杉森さんの部屋の電話のそばにあったメモ用紙に〝深尾〟と走り書きされていたのです。誰かが深尾と名乗って電話をかけてきて、杉森さんがメモしたと考えるのが自然なようですが、ご主人もほかの関係者も、そういう人名に心当りはないとのべている」

「ええ」

「しかし、やはり人の苗字らしいしね。そこで、四十すぎの水商売風の女性というあなたの証言を結びつけて、まず都内のバーとクラブを対象に、深尾という女性を捜してみたわけです。これは大変な仕事だが、まあその苗字が比較的珍しいものなのでね、今のところ三人ほど浮かんできて、それぞれ内偵と事情聴取をしている段階なのです」

「すると、あの女性も深尾さんというんですか」

「そうです。しかし、彼女の店へは、杉森さんのご主人は行ったことがないそうだし、彼女のほうでも杉森さんなどまったく知らないと否定しているんですがね。彼女は小学生の息子と鶯谷《うぐいすだに》のマンションで暮らしてるんだが、今は特定な男がいる様子はなく、杉森さんのご主人と関係があるようにも思われないんですねえ」

「………」

「でも、事件の日にあなたがロビーで見かけたのは、確かにあの女性なんですね」

「ええ」と、私は力をこめて頷いた。見れば見るほど、確信が湧《わ》いてきたのだ。

と、隣室の女性がタバコに火を点《つ》け、煙を吐きながら私と視線を合わせた。いや、私がそう感じただけで、彼女のほうでは私は見えないはずなのだが。――しかし、彼女の眸はふいに鋭い光を帯びて私を見据え、その奥にはこの上もない憎悪《ぞうお》と怨嗟《えんさ》の炎が燃えたつのを、私は認めた。

彼女の感情が、まるで私自身に向けられているような気がして、私は思わずゾッとし顔をそむけた。

翌日の夕刊で、私は「深尾照美四十二歳」が逮捕されたのを知った。記事の横に載っていた写真は、私が昨日ガラス越しに見た女の顔と同じだった。

彼女はこずえ殺しを自供しているらしいが、動機の点でまだ不明な部分が多く、取調べを続けていると付記されていた。

その翌日の夕方、高浜警部補が私のブティックに姿を見せた。事件が全面的に解決したことを、私は彼のくつろいだ表情から読みとった。

「いやあ、ようやく犯人逮捕にこぎつけたのは、あなたのご協力の賜物《たまもの》ですからねえ。ひと言お礼をいわなければと思ってね」と、彼は磊落《らいらく》な笑顔を私に向けた。

「やっぱりあの女《ひと》が犯人だったんですね」

「事情聴取の段階ではいっさい知らないと否定していたんですが、ロビーであんたを見かけた証人がいるぞと畳みかけたところ、にわかに動揺を示してね。ついに自白したんですよ」

「ご主人との三角関係か何かで……？」

「いやいや、彼女が杉森さん夫婦をまったく知らなかったといったのは、あながち嘘《うそ》でもなかったんですな。こずえさんとは、事件の日が初対面だったらしい。彼女はこずえさんに電話をかけてから、あの部屋を訪ねたそうです。だからその電話のさい、こずえさんが相手の苗字をメモしたというのも、こちらの推測通りだったのです。ところが、会って話しているうちに、照美が逆上して、持っていたアーミーナイフでこずえさんをメッタ突きにした……」

「アーミーナイフ?」

「照美が自供してから、われわれは彼女を連れて彼女のマンションへ行き、引出しの奥に隠してあった凶器も押収《おうしゅう》してきました。鋏《はさみ》や爪切《つめき》りや、いろんな刃物が畳みこまれている分厚いやつでね、ナイフの刃にはまだ血痕《けっこん》が付着していて、その血液型も被害者と一致したのです」

「それにしても……照美さんには小学生の息子がいたんでしょう。彼女が逮捕されたら、その子がさぞ……」

高浜はちょっと驚いたように目を見張った。私が妙なことをいいだしたと感じたのかもしれない。でも私は、なぜか話題を事件の核心からそらしたいという本能的な恐怖に駆られていて、それにやはりなぜか、その子供の存在が意識にひっかかったのだ。

「いや、その子は今入院中でね。まあ幸いというのか、われわれが照美に手錠をかけて自宅へ連れていった時には、その場にはいなかったのです」

「入院中……?」

「事情を聞いてみれば、同情すべき点も多いんですがね。照美は子供を引きとって亭主と別れて以来、一人息子の成長だけを生甲斐《いきがい》に働いてきたそうですよ。明夫という名前で今年四年生になるが、私立のいい小学校に入れて、片親のひがみを持たせないように、精一杯の愛情を注いできた。ふだんは照美の仕事の都合で一人にしておく時間が長いので、学校の休みには照美も思いきって店を休み、母子《おやこ》水入らずの旅行をするのが何よりの愉《たの》しみだったといいます」

「………」

「ところが今年の二月はじめの夜、照美が西銀座の店から鶯谷のマンションへ帰ってみると、いつも先に寝《やす》んでいるはずの明夫が、顔中血だらけにして廊下に倒れていた。吃驚《びっくり》して救急車を呼んで病院へ運び、手当てを受けたあと、意識を取戻した明夫に事情を訊《き》いたところ、明夫は母親の留守中に届いた小包を自分のナイフで開けようとして、手が滑って左目を突き刺してしまったらしいんですね。幸い生命に別条はなかったが、左目は失明の恐れもある状態でした」

「まあ……」

「照美は子供の話を聞き、廊下に落ちていたナイフを改めて、二重のショックを受けた。それまで彼女は、明夫にナイフなど与えたこともなかった。ほら、最近時々問題になっているでしょう、子供に刃物を持たせたこともない過保護家庭が増えたために、学校で工作ができないとか、電気製品がなければ鉛筆も削れない子供ばかりだとか……明夫もその手の子供だったんでしょう」

「ええ……」

「こんなスイス製の折畳みナイフなど、どこで手に入れたのかと照美が問いつめると、明夫はよそのお姉さんにもらったと答えたそうですよ。今年の正月明け、照美は例によって明夫と二人で京都へ旅行した。その時同じ旅館に泊っていた若い女性が洗面所の棚に忘れ物をして、明夫がそれを見つけて渡してあげたところ、お礼にそのナイフをくれたというんですね。母親に見せると取りあげられるので隠しておき、母親の留守中取りだしては遊んでいたらしい。その晩も小包をナイフで開けようとした拍子に勢い余って
……ということだったらしいのです」

「ええ」と、私は機械的に相槌《あいづち》を打っていた。

「とにかくひと月余りは治療に専念したが、左目はついに失明してしまった。せめて右目が無傷で残ってくれただけでも幸いと考えようとしていた矢先、事件の一週間ほど前、右目もぼやけてきたと子供がいいだした。照美は文字通り目の前が真暗になった気持で
……医者は、炎症性のもので、治療すれば治るといったそうだが、照美が思いつめてしまったらしいんですな」

「…………」

「命より大事な一人息子に、危険なナイフを与えていった行きずりの女の無責任が、は

らわたが煮え返るほど恨めしかった。それから彼女は京都の旅館にわけを話して、宿泊カードを調べてもらった。そこに書いてあった住所が杉森こずえのマンションだったわけです。氏名は〈杉本こずえ〉とか、少々変えてあったそうですが、宿泊客は杉森こずえにちがいないと照美は判断した。夫に隠れた浮気旅行でもして、いい加減な苗字を記入しておいたのだろう。照美は杉森さんの電話番号を調べ、あの日電話をかけた上で会いにいった」

「でも、こずえさんは否定したでしょうね」

「その通り。いや照美にしても、最初から復讐《ふくしゅう》するつもりではなかったとのべている。それなら電話で本名を名乗りもしなかっただろう。ただ、明夫と自分の苦しみを伝え、土下座して謝罪させなければ収まらなかったのだと。ところが、相手は目の前にアーミーナイフを出されてさえ、そんな物は見たこともない、京都へなど行ってないと首を振り続けた。終《しま》いには『脅迫するのか』と騒がれ、照美はわれを忘れて、握ったナイフで目茶苦茶に切りつけた……」

私の頭の奥で何か火花がはじけたような炸裂音《さくれつおん》が響き、同時に視界がすべての色彩を失った。自分はこれから死ぬまで、呪《のろ》われた灰色の世界の中に閉じこめられるのだと、私は絶望と共に悟った。嵯峨野の旅館からの便りがこずえの夫の目に触れることを期待して、彼女の愛人の苗字を宿帖《やどちょう》に記入したのは、いうまでもなく私であった。

二人の目撃者

1

「奥さんですか、池淵《いけぶち》先生の？」

低いが妙に粘りつくような男の声を聞いた時、また何か煩《わずら》わしい電話だと、毬子《まりこ》は眉《まゆ》をひそめた。夫が弁護士事務所を開業していれば、関係した事件についての抗議や恨みごと、あるいは訴えの電話などはさほど珍しくない。

「はい」

つぎには「先生はおられますか」と訊《き》くのがふつうだったが、今夜の相手はちがっていた。

「奥さん、あんたに教えてあげることがあるよ」

「…………」

「奥さん、ご主人に愛人がいるのを知ってるかね？」

イタズラか嫌がらせだ。毬子は反射的に受話器を置きかけたが、

「よかったら名前まで教えてやるよ」

男は声を高くした。

「藤田安紀《あき》。昼間のテレビに出てるキャスターだよ。そう聞けば思い当る節はないですか」

地元のテレビ局のワイドショウ番組にレギュラー出演している美人で評判のキャスターだった。

「あなたはどなたですか」

相手にならないつもりが、思わず問い返してしまったのは、口惜《くや》しいが「思い当る節」がないとはいえなかったからだ。

「俺は安紀の亭主さ。いくら偉い弁護士の先生だって、他人の女房を盗んで知らん顔って法はないだろう。いや、お偉いさんならなおのこと、それ相応の償いをしてもらおうじゃないか」

「…………」

「当人たちには何度もいってるんだが、いっこう誠意を示す気配がない、馬鹿《ばか》にしやがって……俺を舐《な》めてかかるとどんなことになるか、そのうち骨の髄まで思い知らせてやる！」

突然男がやくざっぽいドスを利《き》かせたので、毬子はゾクッと慄《ふる》えた。

「いや、俺だってもともと手荒い真似《まね》はしたくないんだ」

男は多少調子を柔らげた。

「安紀や池淵先生にしたって、社会的面子《めんつ》ってもんもあるだろう。相応の挨拶《あいさつ》をしてくれれば、こっちも目をつぶってやったっていいんだ。奥さんからも、そのへんをよーくご主人にいい含めることだね。それが結局奥さんのためにもなるんだ」

「………」

「いいか。家庭を守りたいと思うなら、ご主人に俺のいうことをきかせることだ。わかったな」

毬子がことばを失っているうち、相手は荒っぽく電話を切った。

毬子も受話器を戻すと、自分の二の腕を抱えるような格好で、床の上に座りこんだ。腋《わき》の下にじっとり汗をかいていながら、にわかな寒気に襲われている。

突然また騒がしい音が響いたので、毬子はピクリとしたが、それは掛時計が鳴りだしただけだ。

十一回鳴って、そのあと家の中は、前にも増した静けさに包まれたかのようだった。

今夜も夫はまだ帰りそうにない。

テレビドラマみたい……。

毬子は心の中で呟《つぶや》いて、フッと笑った。今の電話が、安手のサスペンスドラマのひとこまみたいに、現実離れして感じられた。

ただのイタズラ電話？　――と思って忘れてしまいたい。

だが、事態はそう単純には片づけられないと、毬子は本能的に直感していた。

第一、今の男の話は、部分的に事実である可能性が高かった。

今年四十二歳になる夫の池淵唯和《ただかず》は、二年ほど前から約一年間、この都市《まち》のテレビ局の午後のワイドショウに、週一回出演していた。〈法律コーナー〉で視聴者からの相談に応じていたのだ。

出演のきっかけは、局のプロデューサーに池淵の高校の同級生がいて、そちらの依頼によるものだった。

視聴者の評判は上々だったから、本来ならもっと続けてもよかったものを、一年弱で急に彼のほうから降りてしまった。表向きは、本業の仕事が忙しいので、という理由だったが、実のところキャスターの藤田安紀との仲が局内の噂《うわさ》にのぼりはじめたからであったらしい。

もちろん彼は毬子にはひと言もいわなかったが、友人のプロデューサーが家へ来た時、婉曲《えんきょく》にほのめかした話で、毬子は察しをつけた。

が、幸いその噂は世間にまでひろがるほどのこともなく、いつのまにか立ち消えになったようだ。

夫が局へ行く機会もなくなり、安紀との間も自然消滅しただろう……と、毬子は希望的観測で自分なりの決着をつけていた。

ところが、夫と安紀が中心街にある高級ホテルの地下のメンバーズクラブの奥で、差し向かいで話しこんでいる姿を、毬子はひと月ほど前に偶然目撃した。毬子のほうは、華道教室の主婦ばかりのグループで、同じホテルの地下にある中華料理店へ行き、帰りに廊下を歩いていてクラブのドアが開いた時見てしまったのだが。

「思い当る節」とはそれで、電話の男のいうことが部分的に事実である可能性をも示唆《しさ》していた。

「俺は安紀の亭主さ」ともいっていたが、それはほんとうかどうかわからない。

でも、とにかく池淵と安紀のとくべつの間柄は、外部にまで知られてしまった模様だ。電話の男がテレビ局の中の人間という場合もないとはいえないだろうが、感じとしてはやはり外部の、それもかなりたちの悪い相手であるような気がする。

それ相応の償いを――

当人たちには何度もいってるんだが、いっこう誠意を示す気配がない――

家庭を守りたいと思うなら、ご主人に俺のいうことを――

電話の台詞《せりふ》が切れ切れに耳底に甦《よみがえ》る。

あの男は夫や安紀にお金を要求しているんだろうか？

それを素直に払うよう夫を説得しろと、私にいっていたのかしら？

でも、そんなこと、とても世間知らずの私が口を出す問題じゃないわ。夫はしっかりした頭の良い弁護士なのだから、自分の判断で行動するはずだ。

私は……私はただ、あの人が無事に私のそばへ戻ってきてくれるのを願うだけ。今までもそうだったように……。

そこまで考えた途端、毬子の顔が急に歪《ゆが》んで、大粒の涙が頬にすべり落ちた。

だって、私は夫なしでは、とても独りでは生きていけない……。

今までにも、毬子が夫の浮気に気付いたことは、何回かあった。デスクの引出しの奥に女からの手紙を見つけたり、また別の時期、書斎のドアの向こうで電話している夫のひそめた声を立ち聞きしたことも。

それらは、彼が特定の女性と人目を忍ぶ関係にあることを、あきらかに物語っていた。

でも、毬子はいつも素知らぬふりを装《よそお》っていた。夫を難詰《なんきつ》するより、そのほうが賢明だと、毬子の本能が教えたのだ。

いささかも夫を疑わず、安らかに充《み》ち足りている幸せな妻を演じ抜くこと。

結局はそれで、破局を回避してこられたのだと思う。

もともと学生時代の初恋で結ばれた妻が、何年経《た》っても少しも変らず、ひたすら自分を信じ頼りきっている姿を見たら、とてもこれ以上無残に裏切るには忍びないと、夫はあきらめたのではないだろうか。

その結果、浮気はそのつど一時の遊びで終息し、毬子との家庭が揺らぐことはなかった。

今度も、主人には何もいわないわ。

毬子は涙を拭《ぬぐ》って、静かに心を決めた。

でも、今度は今までとはどこかちがう感じがする。もっとおそろしく凶暴な悪意が、この家庭に襲いかかろうとしているような、暗い胸騒ぎが……。

2

四日ほどして、同じ男から再び電話がかかった。

「奥さん、ご主人に話したかね?」

毬子が答えずにいると、今度はすぐに声を荒らげた。

「俺を馬鹿にすると、取り返しのつかないことになるぜ。ご主人にも何度もいってるんだ。俺にはいくらも仲間がいるからな」

「…………」

「組の仲間が、毎日ご主人の事務所の前をウロウロしたら、どういうことになると思う？　依頼人なんて一人も寄りつかなくなるぜ」

「………」

「安紀にしたって同じさ。俺の仲間がテレビ局へ送り迎えしてやってもいいんだ。二、三日もすれば番組から降ろされるだろうよ」

男はわざとらしい高笑いをした。

「まあ、奥さんは安紀のことなんかどうでもいいだろうが、ご主人の事務所が潰《つぶ》れては困ると思えば、せいぜい、ご主人に口添えしておくことだな」

電話が切れたのが、午後三時まえだった。

毬子一人しかいない家の中は今日もひっそりとして、強い風が時々ガラス戸を鳴らす。今年は冬が早いのか、十一月中旬にかかって急に冷え込みがきびしくなり、木枯しの吹き荒れる日も多い。

毬子は東京生まれだったが、短大の一年の時、近くにある私立大学の法学部四年生だった池淵と知合い、二人はたちまち恋に陥《お》ちた。毬子はまだ十九だった。

卒業後も二年間、彼は東京でのマンション暮らしを続けて勉強していたが、司法試験に合格し、修習期間も終ったところで、郷里の都市《まち》へ呼び戻された。父親の法律事務所を手伝うためだった。

池淵が郷里へ帰ってふた月後に、毬子との結婚式が挙げられ、彼女もこちらへ移り住んだ。その時妊娠四ヵ月になっていた。池淵が東京で司法試験浪人の間、毬子はのべつマンションに出入りして、彼の身の回りの世話をしていたのだから。

彼がこちらへ戻って四年後に、父親が病死して、以後は彼が事務所を切り回していた。

毬子が二十二歳で産んだ一人息子は、今年十七歳になり、東京の私立高校の寮生活をしている。池淵が自分と同じ大学の法科へ進ませたくて、落ちてもともと思って高校から受験させたら、運よく合格したのだった。

こんなことが起きてみると、子供が男の子で、離れた東京に住んでいてまだしもよかった。

毬子は今さらのように思う。

もう一人、娘が欲しいと願い続けていた時期もあったが……。

「組の仲間」と、今しがたの男はいった。

するとやはり暴力団と関わりのある人間なのか？

「ご主人にも何度もいってるんだ」と今日も強調していた。男が夫や安紀に対して、すでに脅迫を開始していることは、ほぼまちがいないようだ。夜遅く帰宅する夫が、最近は重苦しい表情で考えこんでいる様子も、それと符合する。

安紀と忍び会って、対策を相談しあっているのだろうか？

嫉妬《しっと》が毬子の胸奥に焔《ほむら》をともした。

その時、リビングの時計が三時をうった。

藤田安紀が出演している午後のワイドショウ番組は三時から四時のはずだった。毬子は昼間のテレビの熱心な視聴者ではないが、夫が出演していた時期には欠かさず視《み》ていたので、時間帯は知っている。

毬子はテレビのスイッチをひねった。

コマーシャルのあと、聞き憶《おぼ》えのある音楽が流れ、やがて画面に男女二人のキャスターが登場した。女のほうが藤田安紀だ。

二人は季節の移ろいや、最近の世情などを話題にしながら、さりげなくその日のテーマへ結びつけていく。曜日によって、それは事件の追跡リポートや、ゲストのインタビューなどいろいろだった。

今日は浮世絵蒐集《しゅうしゅう》家のお宅訪問らしい。

番組の内容など、毬子にはどうでもいい。注意は安紀に集中していた。

といって、ブラウン管に映る彼女を視たところで、今の事態の解決策が浮かぶというわけもないのだ。

それでも、毬子が安紀の姿に見入っていたのは、無意識に残酷な快感を楽しんでいたのかもしれない。

安紀は以前よりやつれたように見える。きっとあの男の脅迫や嫌がらせに苦しめられているのだろう。

それでも彼女は、男性キャスターと呼吸《いき》を合わせて、にこやかに会話を続けている。長いまっすぐな黒髪を後ろで高くまとめ、毎日ちがうきれいな髪飾りで止めている。上品な眉《まゆ》。歯切れよく動く唇。なだらかな白い項《うなじ》……。

そういえばいつか、何も事情を知らない友だちが、「毬ちゃん、藤田安紀に似てない？」などといいだしたことがあった。するとそばにいたほかの友だちもさっそく同意した。

「ほんと、二人とも日本風の美人ですものね。ほっそりしてスタイルがいいところも」

「でも、藤田安紀って、ほんとはひどい近眼で、ふだんは眼鏡かけてるんですってよ。それと、寒い季節には必ずストール巻いてくるんだって。それがすごくよく似合って、局ではちょっとした評判らしいとか」

その友だちは、従妹《いとこ》が同じテレビ局に勤めているという話だった。

毬子は笑って聞き流していたが、それから間なしに夫が同じ番組に出演することになり、また一年も経たないうちに、安紀と夫が深い仲になるなんて、なんという皮肉なめぐり合わせだろう！

世間では、男は案外妻と似た女を愛人にしやすいとかいうそうだけれど。

こうして見ると、安紀の顔立ちや体型は確かに私と似てないこともないわ。

でも、明らかにちがうのは、訓練された知的な話し方や、視る者を魅《ひ》きつける表情の豊かさだろうか。

そこには、仕事をする女の自信が漲《みなぎ》っているように、毬子には感じられた。

私みたいな世間知らずではなく、彼女なら話題も豊富にちがいない。社会的な知恵もあるだろう。共通の敵に直面した時、夫には頼もしい味方と感じられるのだろうか？

さっきともった嫉妬の焔が、突然燃えさかり、毬子の胸は焦《こ》げるように熱くなった。

それは今まで経験したことのない激烈な感情だった。電話の男の存在すら、意識からとんでいた。

仕事する女——。

毬子は喉《のど》の奥で呟《つぶや》いた。

だからって、負けないわ。

あなたに主人を奪《と》られはしない。

必ず取り返してみせる……。

3

十二月十三日水曜の午後五時二十分頃——

その日のワイドショウが終ってから、藤田安紀はほかのスタッフなど十人あまりと、会議室でモニターを視ていた。

月曜から金曜まで、毎日午後三時から四時までの生放送のあとでは、決まって、プロデューサー、ディレクター、スイッチャー、カメラマンや照明係、そして二人のキャスターなどが、会議室に集まり、まず明日の打合わせをする。

それがすんで、つぎはその日のビデオを再生しながらの反省会となる。明日の打合わせを先にするのは、一時間番組の、コマーシャルはとばすとしても約四十五分間のビデオを視たあとでのディスカッションが、さらに一時間、二時間にも及ぶ場合があるからだった。

ビデオが繰返し再生され、ディレクターと男性キャスターが先刻の議論を蒸し返し始めた時、部屋の隅のインターフォンが鳴った。

そばにいたスイッチャーが取って、応答していたが、受話器を掌《てのひら》で押さえて安紀を振り向いた。

「アッコちゃん、お客さんだって」

安紀は（どうしましょう？）という目でプロデューサーを見た。彼が答える前に、

「ちょっと急ぎらしい」

かすかに重苦しい響きの声でスイッチャーがいった。

「いいよ」とプロデューサーが頷《うなず》く。

安紀は周囲に会釈《えしやく》して、会議室を抜けだした。

ロビーへ行くと、受付の女性が片隅の応接セットを手で示す。ブルーと地味なチェックの背広を着た見慣れない男が二人、ソファに掛けていた。

安紀は不穏な緊張を覚えながら歩み寄った。

「藤田ですが……」

「ああ、どうもお呼びたてしまして」

三十まえくらいの日灼《ひや》けした細長い顔の男が、心持ち腰を浮かせ、内ポケットから手帳のようなものを覗《のぞ》かせた。

「中央署刑事課の者ですが、少しお話を聞かせていただきたいことがありまして」

彼の視線に促されて、安紀は向かいの椅子《いす》に腰掛けた。

「今日の午後、ある事件が発生しまして、その捜査の参考までに伺いたいことがあるん

です」

捜査員はもう一度断った。彼の横にいる男は、五つ六つは年長らしく、短く刈りあげた頭頂部が桃のような形に尖《とが》っている。

「藤田安紀さんは、本名ですか」

「はい」

「失礼ですが、お齢《とし》は？」

「三十六歳です」

「お住まいは？」

安紀は市内の、古くからの屋敷町と思われている町名を告げた。

「一戸建？」

「そうです」

「確か独身ですね」

「ええ、現在は」

「すると、ご両親などといっしょに住まわれてるわけですか」

「いえ、独りなんです」

安紀の母親は、彼女が三十歳になる直前に病死し、しばらくは銀行を定年退職した父親と二人暮らししていたが、その父も一昨年世を去った。三つ上の兄が一人いるが、東京の会社に就職して、あちらで家庭を持っているので、実家には安紀だけが残された。

「高級住宅地の一戸建に独り暮らしってのは、羨《うらやま》しいご身分ですね。しかし、無用心じゃないですか、あなたみたいなまだ妙齢の女性が」

「戸締りには充分気を付けています。そう大きな家でもありませんし。父の蔵書や、母が使っていた道具類とか、処分しきれないガラクタがいろいろあって……」

「現在は独身、とさっきいわれましたが、結婚されてたのはいつ頃です？」

「就職して、五年ほどしてから……」

地元の私立大学を卒業後、安紀は現在とは別のテレビ局にアナウンサーとして就職した。やがて報道部の男性と恋仲になり、入社五年後に結婚と同時に退社した。

二年ほどはマンションで平穏に暮らした。が、夫が局に出入りするスタイリストと深い仲になっていることが発覚し、それがきっかけで協議離婚した。子供はいなかった。

安紀は母が亡《な》くなったあとの実家へ戻り、しばらくは父の身の回りの世話をするだけの退屈な日々を送っていたが、アナウンサー時代からの知合いだった今のテレビ局のプロデューサーが、リポーターをやらないかと持ちかけてくれて、喜んで応じた。安紀はもともと家庭におさまるより、仕事を望んでいる自分を感じていた。

フリーのリポーターを四年近くやるうち、昼のワイドショウの女性キャスターが都合で退職することになり、安紀は後任に抜擢《ばってき》された。そのポストを狙《ねら》っていた競争相手は何人かいたようだが、安紀のリポーターの実績が評価されたのだろう。キャスターを務め始めて、そろそろ二年になる……。

「以前いたテレビ局の人と結婚して、二年で離婚ですか。二十九歳でまた独りになったわけですね」

「はい」

「その後現在まで、ずっと独身？」

「そうです」

「結婚はしないまでも、親しくしていた男性はいるんじゃないですか」

不躾《ぶしつけ》な質問に安紀が答えずにいると、中年の捜査員がはじめて口を開いた。

「和倉暁平という男と同棲《どうせい》していたことはないですか」

ガラガラ声でいきなり特定の名前を出され、安紀はビクリと身を硬くした。

「とんでもない、同棲なんて……」

「同棲なんて、そこまではしなくても、深い付合いはあったんでしょう？」

「いえ、そんなには……ただ、学生時代、ワンダーフォーゲル部の先輩で……」

和倉暁平の、一見童顔だが、ちょっと小才のききそうな風貌《ふうぼう》が、安紀の脳裡《のうり》をかすめた。

「和倉はあなたより三年先輩ですね。大学卒業後、損害保険会社に就職し、こちらを振りだしに東京や大阪へも転勤したが、どうやら金銭的なトラブルを起こして退職したらしい。こちらへ帰ってきて、地元の商事会社に勤めた。ちょうどその頃、あなたは離婚して独りになっていたし、彼も妻子と別居中だったので、旧交を温め、いっしょに酒など飲むうち、深い仲になり、夫婦同然の間柄だったと……」

「とんでもありません！」

安紀の声が大きかったので、ロビーにいた何人かが振り返り、そのまま好奇の目で見守っている。

「誰がそんなことを……」

「本人がさかんに吹聴《ふいちょう》していたようですがね」

ガラガラ声の中年の捜査員が今度はもっぱら話し続ける。

「和倉は商事会社も長続きせず、転々としたあと、最近スナックのバーテン兼用心棒みたいなことをやっていた。暴力団とも多少の付合いができたり、まあいってみれば世の中の裏街道を歩き始めていた」

「………」

「一方、あなたは、今女性たちのいちばんの憧《あこが》れといわれるテレビキャスターになり、評判も上々だ。和倉とすれば、そんなあなたとかつて関係にあったというのは大得意で、何かといってはいいふらしたい気持——」

「待ってください！」

安紀はついまた声を高くして遮った。

「和倉さんが勝手になんといおうが、私には……」

「まったく覚えがないというんですか。全然付合ったこともないと？」

「いえ……まあ、彼が新卒で就職して、こちらに勤務してた頃は、時々お茶に誘われたり……」

「その後は？」

「東京へ転勤になられて以後は、長いこと会ってなかったんですけど、こちらへ帰ってきて、またたまに……でも、とくべつの関係なんかじゃありません」

「最近会ったのはいつです？」

「さあ……思い出せないくらい……」

「電話は？」

「別に……電話も……かかってきていません」

否定すると動悸《どうき》がいよいよ激しくなり、安紀は思わず目を伏せた。

「昔のヨリを戻せといって、つきまとわれていたんじゃないんですか」

「いいえ……でも、どうしてそんなに和倉さんのことを？」

安紀は救いを求めるように若い捜査員を見あげた。彼はちょっと相談する感じで年長者に目をやったが、相手が頷くと、口を開いた。

「和倉暁平が自宅マンションで殺されているのが、今日の午後四時頃発見されました。一部のテレビではローカルニュースで報道しているはずですが」

安紀は目をむいたままことばを失っている。午後四時ではワイドショウが終ったばかりで、そのまま会議室に入っていたのだ。

「スナックの従業員が、彼が昨日から無断欠勤して、今日も店に現われず、電話にも応答がないので、様子を見にいって発見したんです。マンションの鍵《かぎ》が外れたままで、和倉はベッドの中で首を絞められていました」

「まずスナックで事情を聞いたところ、和倉が日頃からよくあなたのことを話題にしていたというもんですからね」

中年のほうが、再び身を乗りだして、下から安紀の視線をすくいあげた。

「和倉は1DKのリース・マンションに独りで暮らしてたんですが、そこへ行ったことはありますか」

「いいえ」

「いちばん最近はいつ会いましたか?」

「ですから、思い出せないくらい長いこと……」

「電話では喋《しゃべ》ってたんでしょう?」

「いいえ」

頑《かたく》なに首を振る安紀を一瞬鋭く見据えてから、彼はむしろなんでもないことのように尋ねた。

「昨夜は、どこかへお出掛けでしたか」

「いえ……」

「何時頃家へ帰りました？」

「夜七時頃だったと思います。番組のあと、いつものミーティングがあって、その後自分で少し調べ事なんかしてから……」

「局から家へは、車ですか」

「そうです。自分で運転して……」

「七時頃家に着いて、それから？」

「疲れぎみだったので買いおきのもので夕飯をつくってすませました。テレビを視《み》たり、本を読んだりして、ベッドに入ったのは十二時頃だったと思います」

「誰かが来るとか、電話はかからなかった？」

「いえ、昨日は誰も」

相手はもっともだとでもいう表情で頷《うなず》いてから、安紀の、後ろでまとめた髪のあたりへ急に目を移した。

「いつもいろいろ変った髪飾りをつけておられるようですね」

「ええ……」

つと彼は、ポケットから小さなビニール袋を取りだし、中の紙包みを安紀の前で開いてみせた。

「これもその種のものではないかと思われるんですが、見憶《みおぼ》えありませんか」

「……」

「手にとってよく見てください」

彼女はいわれた通りにして目に近付けた。鮮やかなブドウ色に染めた縦長の楕円形《だえんけい》の革製品で、両端に穴があいている。そこに棒を通して髪を止めるのだ。

「あなたのじゃありませんか」

「以前似たものは持ってましたけど……失《な》くしました」

「失くした？」

「ええ。でもこれがどうかしたんですか」

「和倉のベッドの、布団《ふとん》とマットの間に挟まってたんですよ」

彼は、かすかに震えている安紀の手からそれを取り戻し、また大事そうに包んでポケットへしまった。

4

和倉暁平は、カッターシャツとズボン姿で、ベッドの中で殺されていた。さほど抵抗した跡もなく、ネクタイで正面から首を絞められていた。

十二月十三日午後四時頃、スナックのマネージャーが様子を見にいってそれを発見した時、室内にはガスストーブがついたままで、ムンムンするような熱気に充《み》たされていた。

検屍《けんし》に当った県警本部の刑事調査官らは、死因は明白ながら、死亡推定時刻を細かく絞りこむことは躊躇《ちゅうちょ》した。死体が死後間もないものではなく、さらに、異常に高温の室内では「死体現象」と呼ばれる硬直や死斑《しはん》などの進行がふつうとはちがってくるのである。

刑事調査官は、死亡は十二日午後二時頃から十時頃までと、ひとまず幅のある見方をとった。

しかし、現場検証の途中でその幅はもう少し縮められることになった。

十二日の夕刊がキッチンのテーブルにひろげられていたのだ。

そこは、繁華街に近い住宅や商店などの入り混った区域にある三階建モルタルのマンションで、和倉の部屋は二階の端だった。新聞は朝夕各戸のドアの受け口へさしこまれ、和倉が購読していたブロック紙の夕刊は通常五時頃配られる。十二日もいつもと変らなかったことは販売店に問合わせて確認された。

その夕刊が取りこまれていたというのは、和倉が午後五時頃までは生きていた可能性を物語っている。

第一発見者のスナックのマネージャーの話によれば、ふつう和倉は、午後三時すぎ、地下鉄で二駅先の盛り場にある店へ出勤していた。が、彼の勤務ぶりはルーズで、遅刻は常習だし、一日くらいの無断欠勤も平気だった。十二日に彼が店へ現われず、電話もしてこなかったのを放置していたのは、そんなことが珍しくもなかったからだという。

従って、十二日の夕刻には、和倉は勤めをさぼるつもりで、マンションにいたものと考えられた。事件発生は夕刊配達後の午後五時以降である公算が強い。

捜査員がマネージャーと共にスナックへ赴き、ホステスやほかの従業員からも事情を聞いたところ、和倉が日頃から「俺は藤田安紀の元亭主だ」と吹聴していたことがわかった。

また、暴力団のチンピラ風の客が時たま店へ来て、和倉と親しげな軽口を叩《たた》いていた。が、とくにトラブルに巻きこまれていたような気配はなかったそうだ。

さほど屈強でもないが、三十九歳で中肉中背の和倉がベッドの上で絞殺《こうさつ》されていたというのは、犯人が複数か、一人でも腕力に勝っていたか、あるいは眠っていた隙《すき》を襲われたのか？

最後のケースなら、犯人は女とも考えられた。

女の線を示唆《しさ》する手掛かりが見つかった。ベッドの布団とマットの間に、ブドウ色の革の髪飾りと思われるものが挟まっていた。

十三日の夕方、捜査員が藤田安紀のいるテレビ局へ現われたのは、そのような経過によってである。

彼らが、大事な証拠品を直接彼女に見せたことには、ふたつの目的があった。ひとつはもちろん、彼女のものかどうかを確認すること、そしてあとひとつは、それを手にとらせて指紋を採取するためである。

あとの目的は首尾よく達せられた。

革に付着した安紀の人差指の指紋と、事前に同じ髪飾りから検出されていた指紋のひとつが、およそ一致した。

捜査本部が色めき立った。

しかし、県警捜査一課から派遣されたグループの責任者である片桐警部は、さらに裏付け捜査の必要を主張した。

「髪飾りから検出されていた指紋は必ずしも明確ではなく、従って、安紀の指紋と完全に同一とは断定できないのです。となると、彼女があれは自分のものではないとか、失くしたとかいい張った場合、決定的なクロの証拠とはなりえない」

「安紀にはアリバイもないんですから――」

テレビ局へ出向いた中央署の吉田警部補は、とにかく彼女に任意出頭させるよう求めた。

「いや、独り暮らしなら、夜間のアリバイが証明できないことは必ずしも不自然とはいえない。彼女を喚《よ》ぶ前に、いまひとつ強力な状況証拠を用意すべきだと思う」

安紀がマスコミの世界にいる者だけに、片桐はいやがうえにも慎重になっていた。

物的証拠がない場合、もっとも強力な状況証拠といえば目撃者の証言である。

が、あいにくマンションの和倉の部屋の隣りは空室で、ほかの住人からも、十二日夕方から夜にかけて、彼の部屋に出入りする者を見たとか、人声を聞いたなどの証言は得られなかった。入居者の多くが水商売で、昼間は寝ていて、事件のあった時間帯には外出していた。

あとは、安紀の自宅付近での聞込みに期待をつなぐだけだ。

事件当日、彼女は午後七時頃帰宅して、翌朝十時頃まで、一度も外へ出なかったと申し立てていた。だから、もし、誰かが彼女の外出する姿を目撃していれば、彼女の証言は覆《くつがえ》され、これは有力な決め手のひとつになる。

彼女が親から引き継いで住んでいる家は、約四十坪の角地《かどち》に建つ小ぢんまりした和風の平屋で、北と東側が幅十メートル余りの公道に面している。彼女は紺のアウディを持っていて、通勤にも使っていたが、家にはガレージがなく、百メートルほど離れた空地の賃貸駐車場を利用していた。

そこで、彼女の自宅から駐車場までの周辺一帯に、軒並み聞込みをかけた。落着いた在来の住宅地で、夜帰宅する通勤者も少くないと思われた。

捜査側の期待は的中した。

安紀の自宅から歩いて五分ほど南の家に住む四十三歳のサラリーマンが、訪れた捜査員に対して自信のある口吻《くちぶり》で答えた。

「十二日火曜の晩、ぼくは九時すぎにバス停から歩いて帰ってきました。十分あまりで藤田さんの家の前にさしかかります。その時、彼女が門から出てきて、すぐ左へ曲っていくのを見かけました」

門を出て左へ曲った先に駐車場があった。

「藤田さんにまちがいないですか」

「そばで顔を見たわけじゃないけど、頭にストールを巻いて、眼鏡をかけた、いつものスタイルでしたよ。いや、ご近所なんで時々出会って知ってましたから。それにまあ、彼女の家の門から出てきたんだから、本人にまちがいないんじゃないですか」

彼女は、車のキイらしいものを指先に吊《つる》して持ちながら、さほど急がない足どりで駐車場のほうへ歩み去ったということである……。

5

「いいえ、そんなはずは……私はあの晩一回も外に出ていません！」

安紀は必死で頭を振ったが、声が震えているのが自分でわかった。十二月十八日月曜の夕方、彼女は番組が終ってスタジオから出てきた直後、ロビーで待ちかまえていた捜査員に任意同行を求められた。

中央署では、息苦しい小部屋に通され、県警捜査一課の片桐警部と、この間局へ来た吉田警部補との二人から、事情聴取を受けた。

自分の容疑が相当に濃いことを、安紀は彼らの態度で悟らされた。

「しかしね、近所の人が嘘《うそ》の証言をする理由も考えられないね」

頭のてっぺんが桃みたいに尖《とが》った坊主刈《ぼうずがり》の吉田が、先日よりずっとぞんざいな口調で問いつめる。

「その人の名前は一応伏せておくが、きちんとした会社の管理職だし、証言もしっかりしている。それともあなたは、近所の人から何か恨みを買うような理由でもあるんですか」

「いえ、そんな……」

「ではやはり、こちらは第三者の証言を信用するしかないんでね」

「和倉とは、本当のところ、どういう関係だったんです？」

片桐が訊《き》く。彼は四十五、六で恰幅《かっぷく》がよく、ことば遣いはむしろていねいだった。

「正直に話してくれませんか」

「ですから、あの人が大学を卒業して就職したあとしばらく、ちょっと親しく付合ってた時期もありましたけど、もう十何年も昔のことで……」

「六年前、彼が大阪からこちらへ帰ってきて以来、付合いが復活してたんじゃないんですか」

「いえ、それはほんとに、二、三回お茶を喫《の》んだ程度……最近は全然会ってなかったですし……」

「電話はかかってたんでしょう？」

「いいえ」

否定した瞬間、和倉の電話の声が耳底に甦《よみがえ》り、安紀は目の前が霞《かす》むような気がした。

（弁護士の池淵との間は、すっかりわかってるんだよ。でもね、そっちがそれなりの挨《あい》拶《さつ》をするんなら、絶対悪いようにはしないから……）

（俺の仲間が三、四人で、朝夕局まで送り迎えしてやったっていいんだぜ）

冷たくなった全身に、油汗が滲《にじ》みだす。

「本当は、和倉からヨリを戻せとからまれてたんじゃないんですか」

安紀は声を出す気力もなくなりかけている。

片桐がつと手をのばして、横の机の上に置いてあった箱から何か取りだした。

「これはあなたのでしょう？」

ブドウ色の革の髪飾りで、この間も見せられたものだ。

「あのあとテレビ局の人などにこれの写真を見せたところ、最近そっくりのやつをあなたがつけていたのを憶《おぼ》えているという女性が何人かいたんですがね」

「はい……たぶん、私のだと思います。ここの擦りキズにも憶えがあるし……でも、半月くらい前に失《な》くしたんです」

片桐は口許《くちもと》で冷たく笑った。

「嘘じゃありません。日にちまでは思い出せませんけど、局の化粧室で、本番の前にこれを外して髪をとかしている時、電話で呼ばれて、戻ってきたら、置いたはずの台の上になかったんです。しばらく捜したけど、見当らないので、別のもので間に合わせて、そのまま忘れてたんですけど……」

片桐は一応尋ねるというふうに訊いた。

「その化粧室には、どういう人が出入りしているんです？」

「局の人なら誰でも……いえ、外部の人でも……テレビ局にはいろんな出演者や、タレントなんかも来ますし、それを見ようとしてファンがもぐりこんだり……」

「ではたとえば、あなたのファンがたまたまこの髪飾りを盗んだとして、それがなぜ殺された和倉のベッドの布団とマットの間にあったのか。あなたはどう解釈しますか」

「そんなこと、私にはわかりません」

「藤田さん、ここまで来れば、いずれは全部白状する結果になるんですよ」

そっと忍び寄るように穏やかな口調が、かえって底知れぬ威嚇《いかく》を感じさせた。

「早く話すほど、あなたの立場は有利になるんです。十二日の夜、本当は和倉のマンションを訪ねたんじゃないんですか。しつこくからまれたり、脅かされたりして、やむをえずいいなりになるつもりだったが、いざとなると嫌悪《けんお》と憎しみに駆られ、男が油断した隙に発作的に首を絞めた。いったん紐《ひも》をかけて絞めあげれば、急速に抵抗力を失うから、女の力でも犯行は充分――」

「ちがいます！」

安紀は金切声をあげ、耳を塞《ふさ》いで机に突っ伏した。

「私は、絶対に、やっていません！」

午後九時をすぎる頃、安紀はひとまず解放された。

それまでは、片桐たちに代って別の捜査員が現われ、質問は同じことを、形を変えて何回も尋ねられ、自白を強いられたが、安紀は必死に否定を貫いた。

捜査側は、今夜はあきらめたのか、彼女に帰宅を許したが、明朝九時に再び任意出頭するようにと告げた。

警察の車で局の前の駐車場まで送られて、そこに置いたままのアウディに乗り換えた。

昼間はいつもいっぱいになっている駐車場に、今は安紀の車と、ほか二台ほどが離れ離れにとり残されていた。

警察の車が走り去ったのを見届けてから、彼女はゆっくりと発進させた。

池淵に会いたい……。

学生時代スポーツで鍛えた長身と、意志的な容貌《ようぼう》が、暗い空間に浮かんだ。

今すぐ彼に会いたいという願望が、火のような塊になって、身内の奥底からつきあげてくるのを感じた。

安紀の車は、局の前の道路に出て左折し、大通りの信号の手前で停止した。右折のサインを出している。

先にある電話ボックスから、彼の事務所へ電話をかけよう。九時台ならまだ彼が居残っている望みは充分にある。どこかでほんのわずかの時間でも……！

しかし——

信号が変った瞬間、咄嗟《とっさ》の判断が彼女の行動を支配した。サインを左折に変更するなり、ハンドルをせわしく回転させて別の車の列へ流れこんだ。

そのまま自宅の方向へ走らせる。

警察に尾行されているかもしれないのだ。池淵に会ってはならない。彼のために。

狂おしい欲求から逃れるように、安紀はやみくもにアクセルを踏み続けた。

今こそ、ひと目でも会いたいのに……！

もし、自分が家庭にいる妻なら、追いつめられた時、誰よりも夫に縋《すが》れるものを。

いちばん必要な時こそ、決して会ってはならないなんて……！

こらえていた涙が、安紀の眸《ひとみ》から噴きあふれた。

だが、「池淵の妻」を思い浮かべた途端、不思議な意地とも勇気ともつかぬエネルギーが心の隅に湧《わ》きだすのを、彼女は覚えていた。

しっかりしていなければ。

絶対に、負けられない。

6

捜査本部では、翌朝また出頭を求めた藤田安紀の聴取を再開する一方、彼女の身辺捜査を急ぐことにした。彼女が和倉を殺害した容疑は、情況として濃厚だが、動機がいまひとつ不充分のようでもある。

単に過去の関係の復活を迫られただけでなく、もっと複雑な事情がからんでいたのではあるまいか？

安紀がキャスターを務めるテレビ局はもとより、昔の勤務先である他局、仕事仲間や学校の友人、行きつけのレストラン、ブティック、美容院等々、わかる限り広範囲に聞込みをかけた。

その結果、まもなくひとつの秘密が浮かびあがった。

父親から引き継いで、名の通った法律事務所を構える弁護士の池淵唯和と、安紀は人目を忍ぶ間柄であるらしい。

その推測は、安紀のテレビ局の仲間や友人の女性三人の口から、別々に捜査員の耳に入った。日頃は調子よくいっしょに仕事をしていても、折あらば足を引っぱりたい気持がひそんでいたようでもあった。

池淵は、約二年前、一時期ワイドショウに出演しており、当時局内でも噂《うわさ》にのぼっていたというから、二人の仲はそれ以来かもしれない。

「池淵唯和は四十二歳の男盛り、スポーツマンで押出しのいい、なかなかの好男子だそうです」

「当然妻子があるし、とりわけ弁護士にとっては、その種のスキャンダルが手痛いダメージになりかねないですからね」

「いや、万一和倉に秘密を押さえられていた場合、単なるスキャンダルではすまないかもしれない。和倉は暴力団のチンピラとも友だち付合いしていた。彼が池淵や安紀を脅迫し、二人が応じなければ、そういう連中に頼んで、二人が仕事もやっていけなくなるほどの嫌がらせだってできたんじゃないですか」

夕方の会議で報告を聞いた片桐は、すぐさま池淵の事務所へ捜査員を赴かせた。事務所は中央署からもほど近い、ビジネス街のビルの中にあった。

小一時間もして引きあげてきた捜査員は、歯痒《はがゆ》そうな表情を浮かべていた。

「池淵は終始シラを切り通しです。安紀とはテレビの番組で知合い、いっしょに食事をしたり、酒を飲んだくらいのことはある。それで人の誤解を招いたかもしれないが、とくべつの関係などは絶対にないし、和倉など会ったこともないと」

安紀のほうも、和倉殺害はもとより、池淵との関係も頑強に否定し続けている。その日彼女には、番組出演を含め三時間ほどは局へ戻る時間を与えたが、再び任意出頭を求め、聴取を続行していた。

「彼女は相当まいっている。時間の問題で落ちると思うが」

「ただ、池淵は十二日のアリバイがあるみたいなんです。もちろん裏を取らなきゃなりませんが、話しぶりではまずまちがいないものと思われます」

十二日午後五時以後のアリバイを問われた池淵は、四時半に、大きな相続問題の依頼人の家を訪れた。六時に辞去してその足で空港へ向かい、七時二十五分発の大阪行飛行機に乗った。大阪にも相続人の一人がいたからである。機内では偶然顔見知りの銀行役員と会って挨拶を交わした。七時半頃大阪空港に着き、タクシーで九時頃市内の訪問先へ。十一時まで話をして、十一時十五分に大阪駅前のホテルへ入って宿泊した——と申し立てていた。

その供述の裏付け捜査は直ちに行われたが、証人が何人もいて、不明な部分もなかった。

「残念ながら、池淵のアリバイは崩しようがありませんね。ただし、動機の面では、彼も深く関わっていたんじゃないですか。池淵との関係を和倉に摑《つか》まれ、嫌がらせや脅迫を受けた安紀が直接手を下した。和倉に油断させて犯行のチャンスを得るのは、なんといっても安紀しかできなかったはずですからね」

彼女の容疑をダメ押しするように、新たな情報がもたらされた。

二十一日の朝八時半、藤田安紀と同じ町内に住む主婦から、中央署へ電話がかかった。

捜査本部にいた係長が代って出た。

「キャスターの藤田安紀さんのことで、二、三日前うちへも警察の聞込みがあったそうですね。私は東京の娘の嫁ぎ先へ行って留守してましたんですけど、昨晩帰って嫁からその話を聞きまして……」

少々口うるさそうな初老の女の声だ。

「いえ、実は私も、十二日火曜の晩、安紀さんがご自宅の門から出てらして、駐車場のほうへ走っていかれるのを見たんですよ」

「ほう。何時頃です？」

「ちょうど九時頃、ゴミを出しに表へ出た時なんです。このへんは火曜と土曜の夜、ゴミを集めに来まして、出すのは私の役目になってますから、忘れないように、必ず九時に出すことに決めてるんですの」

「安紀さんを見かけたといわれるのは、どんなふうに？」

「うちはあの方のお宅から、そうですねえ、二百メートルくらい西にあるんですよ。安紀さんは門を出てくるなり、小走りにこっちへいらして、途中にある駐車場に入っていかれたみたいでした。私も、その時は別段気にもとめなかったんで、安紀さんを見かけたあとすぐ、家へひっこんでしまったんですけど」

「では、彼女の顔まで確認したわけではないんですね」

「でもねえ、頭にストールを巻いたご自慢のスタイルで、眼鏡をかけて……あの方はほんとはひどい近眼だそうですものね。そういう女の人が安紀さんの家の門から出てくれば、ご当人にまちがいないでしょう?」

おまけにそのような目撃者が二人もいれば——と係長は内心で強く同意した。

間もなく署へ出てきた片桐は、捜査員に、情報提供者に直接会って確認してくるよう指示した。住所氏名は電話で聞いてあった。

ほかの捜査員には、先の聞込みのさい、当夜安紀を見かけたとのべたサラリーマンの勤務先を訪れ、目撃の時刻や女の様子などを、もう一度くわしく聞いてきてもらいたいと告げた。

それぞれが一時間あまりして戻ってきた。

「六十一歳のシャキシャキしたおばさんでした。何遍聞いても話の細部にくいちがいもないし、信用できる感じですね。一人ならず、二人もの目撃者が現われたんでは、今度こそ安紀も観念するでしょう」

「九時に、門から小走りで出てきたというんだね」

「そうです。東京へ行く前夜で、ゴミ出しの日だったから、日にちもまちがいないと」

四十三歳のサラリーマンの話も、前言を翻《ひるがえ》すところはないという。

「九時ちょっとすぎにバスを降りたことをはっきり憶《おぼ》えているので、安紀の家の前にさしかかるのは、やはり九時十五分くらいだろう。門を出てきた彼女は、車のキイをぶらさげ、むしろゆっくりした足どりで駐車場のほうへ歩いていった、と。バスを降りた時刻は、いっしょに乗っていた同じ会社の女の子にも確かめてくれましたから……」

片桐は腕を組んで沈黙していた。

「二人の目撃者は、どちらも信用していいと思う」

しばらくして口を開いた。

「するとなぜ、十五分のずれがあるのかな」

「いったん駐車場まで行った安紀が、何か忘れものに気がついて取りに帰ったのでは……？」

「十五分もかかるだろうか」

「家に戻った途端に電話がかかってきて……」

「あの晩彼女は、どこからも電話はなかったとのべている」

「池淵からの電話を隠していたとは考えられませんか」

「では、彼女が忘れものをして戻り、何らかの理由で十五分遅くなって出直したと仮定すれば、遅れたぶんだけ急ぎたくなるのが自然な心理じゃないだろうか。まして和倉を殺害する意図があったとすれば、外出する姿を人に見られるのを恐れたはずだ。それにしては彼女の行動は矛盾している。九時に近所の主婦に目撃された時には、小走りで駐車場へ入っているのに、十五分後にまた門から出てきた時には、むしろゆっくりした足どりで歩いていったという」

今度はすぐに意見をいう者はいない。

「――しかし、とにかく安紀があの晩外出したことは事実とわかったんですから、彼女は明らかに嘘《うそ》をついていたわけで……」

「二人の目撃者は、どちらもそばで顔を見たんじゃない。眼鏡をかけて頭にストールを巻いた女が安紀の家の門内から出てきたので、当然本人と思いこんだだけだ。安紀と断定してしまうのは危険じゃないか」

「実際まあ、同一人が十五分の間隔をおいて二回目撃されたってのは、どこか不自然ではありますね」

「それじゃあ……もしかして別人だったのか。二人の女が別々に目撃されたんでしょうか」

「一人は安紀本人としても、もう一人は？」

「何者かが、安紀に似た身なりをして、わざと人目にふれたとは考えられないか。それなら、むしろゆっくり歩いたほうが当然だろう」

「そういえば、彼女がふだんは眼鏡をかけて、冬にはストールを巻いて歩く習慣も、周囲にはよく知られていました。局内に知合いでもいれば……そうだ！」

若い刑事が指を鳴らした。

「髪飾りも彼女のトレードマークのひとつだった。もし何者かが彼女を陥《おとし》れようとしたなら、局の化粧室などでそれとなく彼女に接近し、髪飾りを盗むチャンスもあったかもしれない」

「しかしだね」

安紀の「嘘」を主張した吉田が反論した。

「仮りに、二回目撃された女が別人であり、一人が安紀、もう一人は彼女を陥れようと謀《はか》った女だったとしてもだよ、和倉に接近して、彼を油断させた上で首を絞めるってのは、そう誰にでもできることじゃない。——最終的にはやはり安紀の犯行と考えるべきではないですか」

「うむ、いずれにせよ、事件当夜、安紀を装《よそお》って不審な行動をとった女はいないか、その点はきちんと洗いだす必要があるね」

片桐が引きとるようにいった。

もしいたとすれば、それはどのような女であろう？

安紀に恨みをもつ女。あるいは彼女の足を引っぱりたい競争相手――？

しかも、彼女の秘密をある程度知っており、その上、彼女と体型が似ていなければならない。

さらに、女の具体的な立場が検討されたが、中に「池淵の妻は？」といいだす者がいた。

7

二十一日の夕方、捜査員の一組が、池淵唯和の自宅を訪れた。池淵はまだ帰宅しておらず、妻の毬子が応待に出た。息子は東京の高校の寮に入っている。家では昼間、毬子一人だという。

三十分あまり話をして、捜査員は署へ引きあげてきた。

「池淵毬子は、細っそりした日本美人で、世間知らずの良家の子女という感じですが、外見は安紀と似たタイプでした。齢《とし》も三十九だから、安紀と三つしかちがいません。当人は、安紀をテレビで視《み》た以外、まったく知らない。事件当夜は、夫が大阪へ出張中で、一人で家にいたと話しています」

今回は軽い偵察といったものだ。

だが、四人ほど名前が挙っていた女たちのうち、毬子をのぞくほかは一人ずつ消去されていった。

安紀のライバルで、キャスターの座を狙《ねら》っていたという噂の、局のアナウンサーと、フリーの二人には、どちらも当夜のはっきりしたアリバイが認められた。

また、和倉の愛人だったといわれるスナックのホステスが、痴情のもつれから、和倉を殺して安紀に容疑を向けさせようとしたのではないか、との見方もあったが、その女はかなりの肥満体で、二人の目撃者に写真を示すと、躊躇《ちゅうちょ》なく否定した。

池淵毬子だけが残った。

本部内の半数くらいは、まだ片桐の意見に懐疑的だった。が、彼は直感的な疑惑に固執していた。

毬子ならば、池淵の妻の立場で、夫と安紀との関係や、和倉の脅迫も感知する機会があったかもしれない。安紀を装って人目に触れ、彼女を陥れようとしたこともありうるのではないか？

「でも、毬子では、女の細腕で和倉を殺せたでしょうか。これが安紀だったら、身をまかせると見せかけて油断させる手もあったでしょうが。犯行はやはり安紀しかないんじゃないですか。現に、安紀が無実なら、外出しなかったと嘘をつくより、アリバイを証明してみせたはずでしょう。当夜、池淵は大阪へ出張中で、密会していたわけでもないんですから」

「とにかく、毬子が関与しているかどうか、その点をはっきりさせよう」

二十二日夜の会議で、翌朝毬子を署へ喚《よ》んで事情聴取することに決まった。

ところが——

二十三日朝八時、捜査員が再び池淵宅へ赴き、チャイムを鳴らしたが、応答がない。家はひっそりして、固く戸締りされている。

捜査員はその旨《むね》を本部へ報告した。

本部から、池淵の事務所へ問合わせがなされた。

電話口に出た池淵が答えた。

「実は、今朝私が、所轄《しょかつ》署へ家内の捜索願を提出してきたところです。家内は、昨夜私が帰宅した時姿が見えず、それっきり、いまだに行方がわかりません。自殺の虞《おそ》れもありますので、夜が明けるのを待って、捜索を依頼したしだいです」

池淵に、もっとくわしく事情を知りたいので中央署まで出向くよう求めた。

まもなく姿を現わした彼は、身長百八十センチ前後、スポーツマン風の均整のとれた体軀《たいく》で、顔立ちもそれに似合う男らしい印象を与えた。

片桐警部が直接話を聞いた。

「昨夜あなたが帰宅されたのは？」

「十一時ちょっとすぎでした」

「その時すでに、奥さんの姿が見えなかったんですね」

「ええ。実家や友人宅に電話で問合わせたんですが、どこにも連絡がないということで、朝を待って捜索願を提出したのです」

「自殺の虞れもあると先刻おっしゃったそうですが、どういう理由で？」

「昨日の夕刻、事務所にいた私に家内が電話してきました。和倉の事件で、自分は安紀さんを陥れるような工作をした、といったことを思いつめた口調で話しました。私は、帰ってゆっくり聞くから待っているようにといって、ひとまず切りました。ですが昨夜はクライアントとの重要な打合わせがあって、どうしても十一時すぎまで帰宅できなかったのです」

「和倉の事件で安紀さんを陥れる工作をした、と。毬子さんは和倉を知っていたのですか」

池淵は唇を噛《か》んで目を伏せた。

少し経って、決意の感じられる声でいった。

「ありのまま申しあげますと、私は約一年前から、藤田安紀と愛人関係にありました。彼女の立場、自分の職業など考えあわせ、別れなければいけないと承知していながら、どうしても断念できなかったのです。ところが、ここ三ヵ月くらい、私と安紀に、和倉から脅迫的な電話がかかるようになりました。結局は金目当てなんですが、弱味を見せればどこまでもつきまとわれると思い、無視することにしました。和倉はどうやら家内にも、嫌がらせの電話をかけていたようです」

「毬子さんはそれをあなたにいわなかったんですか」

「何もいわず、一人で胸にしまって、悩んでいたんだと思います。そして、思いつめた行動に走ったのでしょう。毬子はそういう性格の女です」

池淵は苦悩の表情で眉《まゆ》をひそめた。

「思いつめた行動というと？」

「電話では断片的にしか聞いていませんが、十二日夜、安紀に似せた身なりをして、彼女の家の門内から駐車場へ行く姿を通行人に目撃させた。その足で、和倉のマンションへ出向いた。和倉には、話合いに応じるふりをして、マンションで待たせてあった……」

「やはり毬子さんが、和倉のマンションまで行ったわけか」

「一昨日、捜査員の方が家へ来られて、家内に事情聴取したそうですね。それで家内は、もう隠しきれないと覚悟したんでしょう」

「それで家出を……しかし、毬子さんはどうやって和倉を殺せたんだろうか。和倉だって、まさかそうやすやすと気を許すこともなかっただろうに」

片桐の視線を受けて、池淵は低い声で押しだすように答えた。

「毬子は和倉を殺していません。殺したのは、私です」

片桐は息をのんだ。

「和倉の脅しを、あくまで無視する気でいたのですが、そのうち、暴力団のチンピラ風の男たちが私の事務所の前をうろつき始めました。ついに放置できなくなり、やむをえず、私は彼と話をつけるため、マンションを訪れました。十二日の午後二時頃です。もちろん、殺すつもりなどみじんもなかった。殺人が割に合わないことは、職業柄、人並み以上に心得ているつもりでした。しかし、あの男と話すうち、吐き気がするような怒りと軽蔑《けいべつ》を覚えた。それが相手にも伝わったらしく、彼も暴力団の後ろ盾をちらつかせて、威嚇《いかく》的な態度を示し始めた。口論になった直後、思わず……思わず一発見舞ってしまったのです」

池淵は拳《こぶし》を固めて、しげしげとそこに目を落とした。

「ぼくは学生時代にボクシングをやっていて、今でもたまに、ジムへ通って汗を流しているんです」

少し経《た》って、片桐が短く息をついた。

「腕に覚えがあったのが、かえって仇《あだ》になったわけだ」

「軽いボディブロウのつもりだったのですが、和倉は呻《うめ》き声をあげて蹲《うずくま》り、でもすぐに、狂ったような形相で私に反撃しようとした。それを見た時、私も、もうこれまでと観念したのです。生かしておけば、この男は、どこまでも私につきまとい、仕事も地位も、私からすべてを奪って破滅させるだろう。近くに放りだしてあったネクタイが目に触れたので、私はそれであの男の首を絞め、ベッドに横たえて現場を離れました」

「奥さんには何もいわなかったのですか」

「毬子にも、安紀にも、ひと言も。しかし、そのあとであの現場へ行った毬子は、私の犯行をうすうす察したにちがいありません。だからこそ、警察の疑惑が自分に向けられた時、家出して姿を消した。黙って自殺して、私の罪までかぶる決心でいるのでしょう」

　彼は軽く首を傾《かし》げた。

「あるいは、ぼくに選択させるつもりなのか。ぼくがあくまで沈黙を守るなら、自分は自殺して、それで事件の真相は闇《やみ》に埋もれる。ぼくと安紀との関係も、存続させようと思えばできるかもしれない。しかし……」

「しかし、さすがにあなたは、それには耐えられなかったわけですか」

「ええ……」

　そうやって、毬子は結局夫を失ったのか。それとも、取り戻したことになるのだろうか？」

「……すると、藤田安紀は犯行には関与していなかったということか」

「まったく身に覚えがないと、電話でいってました。きっと和倉は、暴力団関係のいざこざから被害に遇ったのだと思うと。あの晩彼女は、絶対に一度も外へ出なかったそうですから」

8

池淵の告白により、毬子の捜索には、単なる家出人捜しとは比較にならない人員が投入された。

その結果、同じ日の夕刻、住所地から約二十キロ離れた海辺の松林の中で、睡眠薬を飲んでさ迷い歩いている毬子が発見され、保護された。

最寄りの病院で手当てを受け、状態が落着いてから、そこまで出向いた片桐が事情聴取した。

聴取に先立って、和倉殺しは暴力団関係者の仕業とほぼ断定されたように、彼は匂《にお》わせた。だが、事件当夜、藤田安紀を装《よそお》った不審な女が浮かんでおり、その点を尋ねたいと断わって、質問を開始した。

「はい、私が和倉を亡《な》きものにして、安紀さんに罪を着てもらうつもりでした。そうすれば、主人を破滅させる敵はいなくなり、安紀さんも姿を消して、主人はまた何事もなく私のそばへ帰ってきてくれるでしょう」

まだどこかエキセントリックな興奮を内に秘めながら、毬子は素直に認めた。

「ひと月ほど前からそれとなく安紀さんの身辺に近付いて、日頃の服装などを観察するうち、運よく髪飾りも手に入りました。十二日夜のことは、ご想像の通りです。ストールを巻いて眼鏡をかけ、彼女に似せた姿で、わざと人目に触れるようにして、門から駐車場まで歩きました。その後は小道具を外し、平凡な身なりに戻って、タクシーで和倉のマンションへ行きました。場所は本人に聞いてありましたが、ずっと手前で車を降りました」

「本当に和倉を殺せると考えていたんですか」

「何なりと要求に応じるふりをして、油断させれば、チャンスはきっとあると思っていました。バッグに金槌《かなづち》を忍ばせていき、後ろから頭を殴って失神させたあと、ガス栓を開けて逃げれば……」

「当夜、和倉のマンションへは、何時頃着いたんです？」

「九時四十分くらいでしょうか。ブザーを押しても返事がないので、ノブを回すと、ドアが開きました。電灯がついてなく、でも窓からさしこむ外の光で、狭い室内は、およそわかりました。ガスストーブが点火されたままでした。ベッドの上に、シャツを着た男が横になっていました。何度声をかけても、目を覚まさないし、ピクリとも動きません。ネクタイが首に巻きついている様子を見て、私は電灯を点《とも》しました。和倉は首を絞められて死んでいたんです」

「誰がやったと思った?」

少し黙っていてから、

「見当もつきませんでした」と彼女はゆるく首を振った。

「でも、計画通り安紀さんの仕業に見せかけようと決心しました」

昼間では安紀には犯行の時間的余裕がない。おそらく夫の仕業だと、毬子は判断したのではないか。それを隠しているのだろう。

「安紀さんの髪飾りをベッドの布団とマットの間に挟み、ドアの受け口にさしこんであった夕刊を、テーブルの上にひろげておきました。電灯は点《つ》けたままにして、帰ってきたんです」

「ガスストーブは?」

「点けっ放しだったことにあとで気が付きましたけど、どうしようもないと思いました」

「もう一度確認しますが、十二日の事件当夜、あなたは藤田安紀さんに変装して、彼女の家の門から駐車場まで歩いた。それは何時何分でしたか」

「最初は九時ちょうどに……」

「最初は？」

ハッとした思いが片桐の脳裡《のうり》をかすめた。

「一回じゃなかったのか」

「つぎは、九時十五分くらいに」

「なぜ？」

毬子はちょっと困ったような顔をしてから答えた。

「最初、ちょうど九時頃、ご近所の家から、女の人がゴミのポリバケツをひきずって出てきたので、その人に目撃者になってもらおうと思って、私は安紀さんの門内から駐車場に向かって歩きだしました。いえ、夢中でつい小走りになっていたみたいです。ところが、その人は私などろくに見もしないで、ポリバケツを置くとさっさと木戸の中へひっこんでしまいました。あれではいざという時、私が期待しているような証言をしてくれるかどうか、心配になってきたんです」

「それで？」

「もう少しきちんと見てくれる目撃者をつくっておかなければなんにもならないと思い

ました。小走りしたことも失敗でした。せっかく安紀さんに似せた身なりも、相手の記憶に残らないかもしれないし……」

「それでもう一度？」

「十五分ほど待っていたら、別の側のバス停のほうから、サラリーマン風の男の人がやって来ました。今度こそと思って、私はまた門の中から出て、わざとゆっくりめに、駐車場へ歩いていきました」

「なるほど。女は二回ともあなただったのか」

片桐ははじめて胸に落ちるように納得した。

「今度こそきちんと証言してくれると思った。ところが実際は両方が目撃者を名乗り出てしまったわけか」

まだ何か残っているような毬子の表情を見守るうち、彼女は奇妙な羞《は》じらいを含んで再び口を開いた。

「いえ、ほんとういうと、三回歩いたんです。あのサラリーマンも、すぐ私が曲ってしまったので、よく見えなかったんじゃないかと、心配になりだしたらきりがなくて……サラリーマンのあとからOLらしい女性が通りかかったので、もう一度駐車場まで歩き直して、それから現場へ向かいました」

ママさんチームのアルバイト

1

「お冷や、お願いしまーす」

東横線学芸大学駅前の商店街にある喫茶店〈サザンクロス〉の奥まった席から、林聡《さと》子《こ》が隣りのテーブルを片づけに来たウエートレスに声を掛けた。聡子たち五人グループがこの席を占領してから、隣りの客が三組も入れ換っているから、かれこれ二時間くらいはお喋《しゃべ》りを続けているかもしれない。

「お水ですね」

ウエートレスは心なしか不機嫌な顔で、それでもガラスの水差しから、五人のグラスにアイスウォーターを注いでくれた。

「それにしても惜しかったわね。あそこでルミちゃんがサーブをミスらなけりゃ、ダブルスは勝ってたわよ」

〈グレース卓球クラブ〉のリーダーである林聡子は、いちばん若い古谷ルミのほうへ、ちょっと睨《にら》む目を投げた。

「ごめんなさーい。緊張し過ぎて、ビビっちゃったの」

まだ梅雨もあけたわけではないのに、真夏を先取りしたようなノースリーブのブラウスから肉づきのいい腕を出して、ルミはテーブルの上でサーブの仕種《しぐさ》をなぞってみせた。しかし聡子のお気に入りのルミの失敗だから、それ以上きびしく叱責《しっせき》されることにはならない。これがもしキャプテンの聡子と同じ四十歳の、沖君江のエラーなら、もっとねちっこくやられていただろう。

「でもまあ、ゲームカウント3—2までいったんだから、上出来よ。双葉クラブからはこれまで2ゲーム以上奪《と》ったことないんだから」

卓球の実力ではナンバーワンの吉村みなみが、人の好《よ》さそうなにこにこ顔で取りなした。事実、目黒地域の社会人女子チームで一、二を争う強豪の双葉クラブと対戦したときは、そういっているみなみが一度シングルで相手を破った以外、これまで2ゲーム奪れた試しはなかった。

「そうよね。こんどこそは勝つつもりで頑張りましょう」

リーダーの聡子も、今日はフルセットの末、辛うじて相手を破って、みなみに続いて二勝めをあげたことを思い出し、上機嫌で同意した。

「ところで、つぎのバイトの相談しておいたら?」

隣りのテーブルに客がいないうちにと、ミス・グレース卓球クラブを自認している桐山美貴子が、声をひそめていった。

「そうだわ。会計さん、いまクラブの預金はどのくらいになってるの？」

聡子がにわかに考え深い顔になって、会計係を押しつけている沖君江に尋ねた。高校時代聡子と同級だった君江は、進学、結婚と同じようなコースを辿《たど》りながら、二十年以上も、いわば彼女の子分に甘んじている。覇気に欠けるかわり柔順でおとなしい性格なのだ。

「えー、今はですね……」

だいたいのところでいいのだと、聡子から急《せ》かされる寸前に、君江は手帳を開いて、几帳面《きちょうめん》にメモしてある数字を読みあげた。

「九万八千六百四十円です」

「まあ、そんなに減っちゃったの？」

「天城《あまぎ》合宿で十五万も使ったから……」

君江は何か自分の責任のように首をすくめた。

「そうね、そろそろまたバイトをやりましょうか。エステのときからもう三月《みつき》も経《た》っているものね」

聡子のその一言《ひとこと》で、行動開始が決まった。

エステというのは、この三月に区内のあるエステティックサロンで、彼女らがやってのけた「作戦」を意味している。あの時は、もともと顔にかすかなシミが出ていた吉村みなみと、沖君江が、主役を務めた。三十五歳に四十歳となるとお肌の心配事は日に日に増えてくるのだ。

二人は別々に目標の店へ行って、エステティックサロンの目玉商品になっているクレンジングクリーム、化粧水、乳液、ナイトクリーム、それに洗顔フォームの五点セットを、各自が二万八千円で購入した。初期投資としてはいささか痛かったが、すぐに何倍にもなって戻ってくるのだから、これは致し方ない。

ついでにフェイシャルマッサージもしてもらった。

ひと月経ってから、まずみなみが、当のエステティックサロンへ、顔にシミができたと抗議に出向き、ゴチャゴチャ揉《も》めているところへ、沖君江が聡子に付添われ、同じ理由で同店へねじこんだ。君江のほうはシミのデパートみたいなものだから、これとこれが今度できたのだといっても、本人ですらわからないくらいなのだ。

狭いマーケットで商売をするエステティック側は、評判を恐れてたちまち屈服した。その後二回の交渉ののち、慰謝料というかたちで、二人に合計五十万円を払ってよこした。

半分は五人に五万円ずつ配当し、残りは初期投資を返したあと、クラブの経理にきちんと繰り入れたのだったが。

「あれはとりわけスマートにいったわね」

「向こうも素直に非を認めて、気持よく賠償金を払ってくれたわ」

みなみと君江が手放しで、作戦の成功を称《たた》えた。相手が気持よく払うわけもないのだが。

「でも、それに続く五月の作戦、あれは惨《みじ》めな失敗に終ったわね」

聡子が可笑《おか》しくてたまらないと、口を押さえた。

「ああ、あれ。あれにはまいったわ」とルミ。

そのことになると、桐山美貴子以外の全員が、半分失敗を楽しんでいるようだ。

「失礼しちゃうわね。あれは目をつけた相手がまちがってたのよ」

美貴子が、切れ長の眼の上のくっきりした眉《まゆ》をひそめて、言い訳がましくいう。

その時は渋谷のスナックで、美貴子がいわゆる美人局《つつもたせ》の役を演じて、裕福そうな中小企業の社長風人物を名だたる円山町のホテル街へ誘おうという作戦だった。彼女らのチームのコーチを務めている島圭一《けいいち》が、そこで待っていたのだが、残りの四人の興味津々《しんしん》たる監視の中で、美貴子はものの見事に相手を誘惑するのに失敗した。

「今日はあいにく用があるので、また今度のチャンスに付合ってもらいますよ」

標的の男は結局、美貴子を残してスナックを出ていってしまった。そのあとで四人は、お腹《なか》を抱えて笑い転げたものだ。美貴子はまだ三十そこそこの若さの上、どう見ても自分たちより美人だと、日頃からコンプレックスを持っていただけに、一挙に溜飲《りゅういん》を下げたような気分だった。

「男でも女でも、好みのタイプってのがあるのよ。あの人は、私みたいな、どっちかというと整ったタイプは好きじゃなかったんでしょう」

「でも目標の選択も、美貴ちゃんに任せたのよ」

聡子がまだ笑いながら、止《とど》めを刺すようにいった。

「そこで今度のバイトだけれど……」

きっとした顔になって、口調を改めた。

「とびきりのアイデアがあるの。このあいだ、私、亡《な》くなった主人がお世話してた会社の社員のご夫婦に招待されて、一流の料亭へ行ってきたの。そこですごい作戦を思いついたわけ」

ほかのクラブ員がサラリーマンの妻である中で、リーダーの林聡子だけは、数年前に夫を病気で亡くしていた。彼女の夫は一応名の通った商事会社の、部次長まで務めていたが、財産といっては大してないサラリーマン家庭だったことには変りない。

「北品川のホテルの、広い庭の中にある料亭なんだけど、そこでは半年ほど前、ちょっとした食中毒騒ぎがあったらしいの。〈山茶花《さざんか》〉っていうその料亭だけじゃなく、ホテル全体の評判にも関わるから、後始末がとても大変だったそうよ」

「それで?」

サブリーダーといった立場の吉村みなみが、一同を代表して先を促した。

「私たちがそこで豪華なお食事をするのよ、ふた組くらいに分かれて。ね、ところがそのあとで、何人かがお腹の具合が悪くなるの。……わかるでしょ?」

あとは自分で考えよ、といわんばかりに、テーブルを囲んでいる残りの顔を見回した。

「ああ……なるほど……一流ホテルがやってる料亭だったら、お金はいくらでもあるでしょうし……」

「おまけに半年前のことがあれば、ホテルの体面にかけても絶対に表沙汰《おもてざた》にはできないでしょうからねえ……」

それぞれが想像をめぐらせ始めた。実績があるだけに、この種のことには頭の回転が速いのだ。

「ねえ、それならこうしてはどうかしら」

古谷ルミがメロンのような胸を突きだした。

「ふた組に分かれるといっても、もうひと組は別のグループのほうがいいと思うの。それでね、ちょうど、前から私たちの卓球クラブに入れてほしいって頼まれてる友だちがいるの。中学、高校と私といっしょでね、実のところ何かと問題を起こしてた仲間なんだけど」

「………」

「そんなふうだから、彼女なら話が早いわ。この際彼女を入れてあげることにして、代りにお客のひと組は、彼女のほうに頼むというのはどう？」

「なるほど、同じ日に中毒になるふた組のお客は、どちらもグレース卓球クラブのメンバーじゃないほうが望ましいものね。その人にお願いすることにしましょう。もっとも、念のため私が面接して、合格と認めたら、の話だけど」

聡子が決断を下した。

「それにしても、どういうふうにして中毒になるの？」

君江が不安げに尋ねた。

「ほんとうに食あたりしちゃうの？」

みなみも心配そうだ。

「そこのところよ」

林聡子がいちだんとリーダーの貫禄《かんろく》を見せるように重々しくいった。

「これを実行するとすれば、私たちクラブにとって、今までは最大の作戦になるはずだわ。何十万なんていう半端《はんぱ》なお金で、しょっちゅうやるのは疲れるから、このさい二、三百万円……できれば五百万くらいは頂かなければと思うの。それだけに、お腹が痛いとか下痢をしたとか、口でいうだけじゃなくて、ほんの少し、中毒菌をほんとうに飲むの。それで死ぬわけじゃないんだから」

四人からは、しばらく声がなかった。と、美貴子がちょっとぶっきらぼうに反問した。

「中毒菌はどこで手に入れるのよ」

そんなものが都合よく入手できるのかと、彼女の言葉尻《じり》には、かすかにリーダーの揚げ足を取ろうとするような響きも含まれていた。実は聡子と美貴子との間には、コーチの島圭一をめぐって、このところいささか不穏な空気が生まれていたのだ。

「当然そこは考えてあるわよ。サルモネラ菌、聞いたことあるかしら？」

知らないだろうと、聡子はさっさと先を続けた。

「これがいちばんひんぱんに食中毒の原因になる細菌なんだけど、いろんな食物にわりとよく発生して、しかも強力で、経路も摑《つか》みにくいの。ところが菌そのものは、大学の生物学の研究室なんかには必ずあるのよ」

聡子は沖君江に、意味ありげな視線を向けた。

「……あ、あの……」

サルモネラ菌の獲得に一役買わせようという意味だと気付いた君江は、にわかに狼狽《ろうばい》の表情になった。

「君ちゃんの旦那《だんな》さん、いま大学の庶務課でしょ。消毒の実験に必要だとかなんとかいって、瓶をひとつ旦那さんに持ちだしてきてもらうのよ。それが成功したら、さっそく計画に着手することにしましょう」

作戦の成否は君江にあるとばかり、聡子は彼女の肩をポンと叩《たた》いた。

「さあ、お会計して」

君江の返事も待たず、聡子はお開きを宣した。

「私はクリームソーダ、三百五十円だわ」

「ルミはマロンクリーム、四百円」

「あなた、そんなのばっかり食べるから太るのよ」

「私はコーヒー、二百八十円」

めいめいが財布から小銭をテーブルの上に並べて、君江がそれをまとめて伝票といっしょに持ち、五人は揃《そろ》って立ちあがった。

「もしすぐに入手できたら、実行はつぎの練習日の六月三十日金曜、練習がすんでからくりだすということに。みんな、予定をあけておいてね。じゃ、お疲れさま」

最後は聡子のことさら健康な響きの声に送られて、一同は〈サザンクロス〉のスイングドアから商店街へ出た。まだ陽の高い午後四時、ここからはみんな真面目《まじめ》で平凡な主婦に戻り、晩のお惣菜《そうざい》の買物をしながら、それぞれの家路を辿《たど》るのだ。

2

「奥様、おビールでよろしゅうございますか」

絣《かすり》の着物姿の〈山茶花〉の仲居が、床の間を背に上座のまん中に座った林聡子に尋ねる。

「ええ」

「こちらの奥様もおビールで？……」

聡子の両脇《りょうわき》の吉村みなみと、桐山美貴子に、同じようにビールを注いだ仲居は、向かいあわせに座っている沖君江には彼女の希望でジュース、そして最後にいちばん下座の古谷ルミに、

「お嬢様は、何になさいます？」

「ビールでいいわ」

ほかの四人は四十代と三十代の〈奥様〉だが、二十八歳のルミだけはミセスなのにお嬢様と呼ばれたことにいたく満足して、笑顔で仲居の前にグラスを突きだした。

「おねえさん、まだまだお客を見る目がないわね。齢《とし》だってほんとはいくつも違わない

のよ」と美貴子。

「まあまあ、――それではグレース卓球クラブ創立五周年を記念して、乾杯といきましょう」

聡子が引きとって、自分のグラスを眼の上にあげた。厳密に計算すれば四年八ヵ月しか経《た》っていないのだが、これだけの料亭を使うからには然《しか》るべき理由がなくてはと、五周年パーティーにしたわけである。

「乾杯!」

「カンパーイ!」

みんなが唱和して、クラブ結成以来の豪華な宴会が始まった。

座敷は、通されたときルミが勘定したところによると二十二・五畳ある日本間に、大きな床の間と広縁まで付いている。彼女らが住んでいるマンションの一戸分くらいありそうな広さだ。その外には、これもまたゆったりとした日本庭園が取り囲んでいる。

近頃は外国人客が多いせいか、聡子たちにとっても苦手な正座をしなくても、テーブルの下の掘炬燵《ほりごたつ》に足をおろすことができる。

広縁に顔を向けている美貴子は、暮れたばかりの戸外の、笹《ささ》の葉が生い茂っているあたりへ、さりげなく目を投げた。植え込みを隔てた向こう側の、もう少し小さな客室に、ルミが紹介した船見千秋と彼女のフィアンセという男性が、同じように席を持っている筈《はず》なのだ。ルミも気になるらしく、時々振り返っている。

最初に出された小皿は、白身の魚といろいろな野菜を細切りにして酢で和《あ》えてあり、可愛《かわい》い金柑《きんかん》が添えてあった。

「わあ、きれい。こんなに手のかかった日本料理、はじめてだわ」

素直な歓声を上げたルミを、聡子が上座からぐっと睨《にら》んだ。かねての打合わせどおり、こんな席へは来慣れている、という態度をとらなくてはいけない。

料理のメニューは、一人一万五千円からほぼ三千円刻みに、三万円くらいまであったが、ここでケチるのはいざ交渉に際して得策ではないと、上からふたつめの〈錦《にしき》〉のコースを注文してあった。最初から和紙に、猪口《ちょく》、吸い物、焼き魚……と、最後のデザートにあたる水物まで十三品の料理が墨書きして置かれていた。

いちばん中毒にふさわしい料理はどれかしらと、聡子は甘く煮つめた金柑を口に入れながら、鮮やかな墨筆を凝視する。

——生盛膾《なます》……よし、これでいこう。

最初から五つめにある、白身魚と菜の花の胡麻《ごま》酢和えと注釈のある料理に、サルモネラ菌が付着していたことにしようと、聡子は肚《はら》を決めた。座敷は中年と若いほうと二人の仲居が交代でサービスしていたが、二人ともいなくなるチャンスはいくらでもあった。

何度目か二人が部屋を出ていった隙《すき》に、

「みんな、献立を見て。生盛膾でいくわよ」

聡子は早口で通達した。瞬時、一同の表情が引き締まる。それから、一人一人小さく頷《うなず》いた。

「さすが〈山茶花〉さんのお酒はおいしいわ。ほんとにいい地酒を使ってらっしゃるのね」

仲居が戻ってくると、美貴子はさっそくまた大振りな杯に注がれた日本酒を、満足そうに口へ運んだ。上品な美貌《びぼう》に似ず、よほど神経は太いのだ。

(あんまり飲み過ぎないで)

聡子は目顔で注意しているつもりだが、いっこうに伝わっていないらしい。

焼き魚、揚げ物と料理が進んで、膾が近くなると、五人の会話はさすがに弾まなくなった。

さて問題の生盛膾は、薄手の清水焼に魚と菜の花が形よく盛り付けられて、年配の仲居が運んできた。

「おねえさん、ビールをもう二本ほどお願いね」

皆の前にその皿が並び終ったのを見計らって、聡子が彼女に空のコップを上げてみせた。

「はい、ただいま」

仲居は作法どおり、座敷を出ると、いったん正座してしとやかな動作で襖《ふすま》を閉めた。

つぎの瞬間、聡子は君江に、（さあ）と、顎《あご》で促した。

まるで弾薬箱でも抱えるように、沖君江は大きめの四角いバッグを自分のすぐ脇《わき》に置いていた。いくらか慌《あわ》てた仕種《しぐさ》で止め金を開け、中から高さ七、八センチの丸首のガラス瓶を取りだした。水のような透明な液体が四分の三くらい入っているのを、残りの四人は息をつめて見守っている。

「さあ皆さん、順番に自分のお料理に掛けてください。先にいったように、だいたいひと目盛りずつよ。掛けすぎると本当に重体になっちゃいますからね」

小瓶には二十の目盛りが刻まれていたが、別動隊の船見千秋のほうにも分けたから、いま液体は十五くらいまで入っている。

まず君江自身が、瓶の蓋《ふた》を開け、自分の前の皿に、おそるおそるという表情で少量を振りかけた。液体は無色無臭である。目盛りを翳《かざ》してみて、少なすぎると叱《しか》られると思ったか、追加でもうひと振りして、左隣りのルミに回した。

時計回りに小瓶が五人を一周して、最後に吉村みなみで終ったとき、襖の外で畳を擦る足袋の音がした。

「こっちへちょうだい！」

聡子は手を伸ばして素早くみなみの手から瓶を取ると、さっと蓋を閉めて自分の鰐皮《わにがわ》のバッグへしまった。

襖が開いて、漆塗の盆に中瓶のビールを二本載せた、先程の仲居が入ってきた。

「お待たせいたしました」

客の前で手際《てぎわ》よく栓を抜いた彼女は、

「さあ、奥さま、どうぞ……」

聡子から順に、空になったグラスへビールを注いで回った。

「この鱠、とてもおいしいわ。程よくお酢が利《き》いていて」

「さようでございますか。ありがとうございます」

聡子はさっそく自分から箸《はし》を付け、誰も食べ残したりしないよう、抜かりなく目を光らせている……。

同じように悪い物を食べても、中毒症状を訴える人と、まるで発症しない人がある。それぞれの体力や健康状態にもよるだろうし、人と菌との間には微妙な相性のようなものもあるのかもしれない。

〈山茶花〉の宴会の翌七月一日土曜、けろりとしている古谷ルミと、いくらかお腹《なか》の具合が悪いという沖君江を除いて、残りの三人は予想を上回る激しい中毒症状に見舞われた。

とくに桐山美貴子はかなりの苦しみようで、三十九度くらい発熱し、這《は》うようにしてベッドとトイレを往復するような状態になった。

午前十一時、ついに美貴子は、自宅から一一九番して、救急車で国立病院へ運びこまれた。

林聡子と吉村みなみもひどい下痢と嘔吐《おうと》に微熱が重なって、家で寝こんでしまった。近所の内科医の診察を受け、薬は貰《もら》ったが、申しあわせ通り、前日の会食のことはいわなかった。

美貴子の入院は、すぐには聡子には伝わらなかったが、いずれにせよ、誰も前日〈山茶花〉で宴会したことは喋《しゃべ》らないことになっているので、「集団食中毒」が公《おおやけ》になる心配はないのだ。

今日明日くらいは、処方してもらった抗生物質など飲んで、体力の回復に努めること。そしてその後の戦いに備えるのだ。

——この分なら作戦は順調だわ。

林聡子は粗相したりしないようパンティを重ね着して、一人娘を学校へ行かせたあとの静かなマンションの寝室で、満足気な息を吐いた。

3

目黒区碑文谷《ひもんや》の公園沿いにある、台がふたつしかない小さな卓球場が、グレース卓球クラブの本拠地であった。

翌々日の午後五時すぎ、林聡子は自宅から十分ほどの道を歩いてここへやって来た。思った通り、この時刻では誰もいない。無人の練習場のベンチで、途中の自動販売機で買ってきた缶ジュースを飲み始めた。

日頃は健康で独身の身を持て余している聡子は、病気の回復も早く、昨日の昼くらいまではくだし気味だったお腹も、今日はもうすっかり落ち着いたようだ。冷たい液体が快く胃の腑《ふ》にしみるように感じられた。

桜の大木の向こうに弁天池が見える窓の外は、相変らず小糠雨《こぬかあめ》が降り続いていて、今が梅雨の季節の最中であることが実感される。池のほとりに数珠《じゅず》繋《つな》ぎになっているボートもすっかり濡《ぬ》れそぼって、物寂しげな風情《ふぜい》だ。この卓球場を経営しているおばあさんは、近頃身体《からだ》の調子が悪いとかで、料金の計算のとき以外はほとんど顔を見せない。

受付カウンターの上に掛けてある柱時計が五時二十分を指した時、入口のドアが開いて、沖君江が長袖《ながそで》のブラウスにパンツ姿で現れた。

「行ってきたわ」

君江は、ベンチで脚を組んでいる聡子へいつもの気弱げな視線を向けて、結果が思わしくなかったのか、声まで元気がない。今日はまず手始めに君江一人を料亭〈山茶花《さざんか》〉へ行かせて、相手の出方を探ってみたのだ。

「最初はねえ、支配人を呼んでもらって、お宅の食事で中毒になって、一人は入院、二人は自宅で寝てるけど症状は重い、あたしも一時はひどかったんですっていってやったの」

「ええ」

「ところがねえ、聡子さん。私、いうだけのことはきちんといったんだけど、向こうはこっちの言い分をまるで認めようとしないのよ。それは大変なことですとか、いちおう見舞いはいうんだけど、私どもはことのほか衛生管理が厳重で、万一にもお客さまがお腹を毀《こわ》されるような物はお出ししていませんと、突っぱねるの」

「それで？」

「ええ、それで、三十日に私達が〈山茶花〉へ行くまでにどうしていたか、みんなでいっしょに食べたものはなかったか、逆に根掘り葉掘り訊《き》かれたわ。原因は自分の店以外で摂《と》った食物にあるといわんばかりなの」

「それでどう答えたの?」

「ちょっと迷ったんだけど、練習の途中でみんなでカップラーメンと、お菓子なんか食べたっていったわ」

「その通りですものね。支配人ってどんな男だった?」

「丸田勇っていって……」

君江は受取ってきた名刺を聡子に渡した。

「この間行ったときは見なかった顔よ。五十前の小柄だけど妙にねちねちした感じの男でね、言葉遣いだけは、ほらあのホテルマン風の馬鹿《ばか》ていねいな調子なんだけど、まるで根も葉もない言い掛りをつけにきたみたいな目で私を見て、しまいにはこっちが調べられてるみたいだったわ」

話すにつれ、君江は眼にうっすらと涙さえ浮かべている。

「まあ、敵もおいそれとは譲らないでしょうからねえ。で、結局どういうことになったの?」

「つまり、自分とこの責任は決して認めないんだけど、お客さまのことだからお見舞いには伺いますっていうのよ。何でもなかったルミちゃんを除いて、四人全部の住所を教えてほしいっていうから、書いてきたわ。美貴子さんは病院を。当分退院できそうにないって強調しておいたけど」

「上等、上等。いいのよ、今日のところはそれで。どうせ連中はメロンくらい持って、いちおうはやって来るでしょうよ。ごくろうさまでした」

君江はホッとした面持で、

「これからはどうするの？」

「君ちゃんはもういいから、私に任せなさい。あなたはみなみさんと連絡をとって、できれば彼女も近くの医院へでも入院するようにいって」

聡子は自信満々の口調で、ちょっと凄味《すごみ》のある微笑を浮かべた。

「わかったわ、みなみさんはまだほんとに苦しいらしいから、きっとそのほうがいいと思うわ。それにしても、私やルミちゃんはどうして平気なのかしら」

サルモネラ菌の被害を受けないことが、まるでよほどデリカシイに欠けるみたいに、君江は少ししょげた表情になった。

「ルミと君ちゃんは、身体の丈夫なのが取り柄なんだから」

聡子は妙な慰め方をする。

「ところでルミちゃんからは、私が家を出る前に電話があったわ」

聡子は君江がまだ知らない情報を伝えた。

「彼女の友達の船見千秋さんと、フィアンセの瀬戸口さんっていう男性、やっぱりお腹が悪くなったそうよ。瀬戸口さんのほうは、何も事情を知らないから、吃驚《びっくり》してお医者さんへとんでいったみたい。二人とも入院するほどではないけど、そこそこ悪いらしいの」

瀬戸口の料理には、千秋が、彼がトイレに立った隙《すき》にサルモネラ菌をかけたのだ。

連携作戦のほうも順調に進展していると、聡子はしたり顔に頷いてみせた。

「今日はほんとにお疲れさま、あなた先に帰っていいわよ」

「聡子さん、送らなくていいの？」

車で来ている君江は、雨脚が強くなった窓の外を見た。

「いいの、いいの、まだしばらくここで考え事していくから」

「そう……」

ラケットを持つ気もなさそうな聡子をちょっと怪訝《けげん》に見てから、君江は「お大事に」と挨拶《あいさつ》して出ていった。

——あと三十分もすればコーチが来る。

あまり手際のよくない君江のハンドル捌《さば》きを窓越しに見送りながら、聡子は「特別練習」にここへ呼んだ島圭一の顔を思い浮かべていた。今日はクラブの練習日ではないが、聡子一人特訓してもらって、そのあとにもまた計画がある。

卓球のほうは、少しでも上達して、チームリーダーの威信を高めるとともに、吉村みなみにつぐナンバーツーの桐山美貴子にも、三回に一回は勝てるようになりたいというのが、彼女の願望であった。もっとも「特別練習」には、まさにもう少し特別の目的もあったが。

六時少しすぎ、

「ごめんなさい、お待たせして」

期待どおり、島圭一が元気な声といっしょに卓球場のドアを開けた。聡子よりふたつ若い三十八歳、眉《まゆ》が濃く、長身の島は、清潔な男くささを振り撒《ま》きながら、彼女の前に立った。

彼は区内にある消火器の販売会社に勤めていて、仕事を終えて急いで来ればこの時刻になる。約束の時間に遅れなかったことも、聡子には満足だ。

「大丈夫なんですか、お身体？」

彼は眉根を寄せて聡子を覗《のぞ》きこんだ。「集団食中毒」の一件はどこから伝わったのか、今朝彼の勤め先へ聡子が電話した時、すでに彼は知っていた。

「平気よ、もう。それより早く一汗流したいわ」

「じゃあ、すぐ着替えますから」

赤いスポーツシャツとショートパンツ姿になって更衣室から出てきた島は、とりわけ聡子の好きな、健康そうな白い歯のこぼれる笑顔を見せた。

「それじゃあ今日は九十分、みっちりいきますよ」

狭い練習場の閉鎖空間の中で、男と女が二人だけでいることなどまるで意に介さぬように、圭一は早くも卓球台の前に立って、力強い素振りを繰り返した。

「はい、お願いいたします」

聡子もいちおう師弟の礼をとってきちんと一礼すると、速いサーブボールを相手のフォアサイドへ送った。

カツンカツンと乾いた音をたてながら、ボールが台の上を往《い》き来し、そのテンポがしだいに速くなってくると、聡子は四十歳の自分がまだ充分に若いという自信と喜びが身内に漲《みなぎ》るのを感じた。彼女はいつもの高揚した気分に浸りきって、練習に没入していった。

カット打ちからツッツキ、フォアスマッシュから豪快なバックスマッシュへと、コーチの圭一が練りあげた練習メニューの順に、一時間半を途中二回のちょっとした休憩を挟んだだけで、見事にやり通した。

最後に聡子が、バックサイドのネット側から強烈に打ちこんだスマッシュを、さすがの圭一も受けかねて、

「参った。今日はこれまでにしよう」

彼も充実した表情で、首筋の汗を拭《ぬぐ》った。

「コーチ、今日はこのあと、あいてるんでしょ?」

「…………」

「じゃあ、私に御馳走《ごちそう》させて。いいお店を知ってるから、これから渋谷でお食事しましょう」

バツイチで目下独身の圭一は、いずれどこかで食べなければならないわけだから、聡子は自分の提案が受け入れられるものと頭から決めていた。ところが、彼はやや気まずげに目をそらした。

「いや、それがね。今日は桐山さんの病室を訪ねるつもりで、大したものじゃないけど、お見舞いも用意して来たんだ」

聡子は深く考えなかったが、そういえば彼は入ってきたとき、練習場の隅の床の上に、大きめの紙袋を置いていた。

「いいわ、私もいっしょに行く。いずれそのつもりだったんだから。ここから病院へ回って、それから渋谷へ出ましょう」

圭一はまたいささかいいにくそうに、口籠《くちごも》りながら、

「いや、それが……いずれ林さんにも相談して力になってもらおうと思ってたんだけど……」

「…………」

「実はこんな機会に、彼女の病室でちょっと真剣な話をしようと考えているんで……」

「真剣？」

「いやね、ぼくもそろそろもうチョンガー暮らしにはおさらばしたいし、彼女のほうでも……」

「だ、だって……彼女には貨物船のパーサーをしているご主人が……」

「三月《みつき》も半年も置いてきぼりにされるような生活、ぼくの決心しだいでは清算してもいいと、彼女はいってるんですよ。しかしまあ、ご主人にはご主人の気持があるはずだし、そうそうすべてがすんなりいくとは思えない。だから林さん、人生の先輩として、何かと力になってくださいよ。お願いします」

コーチから頭をさげられると、聡子はことばを失った。いや、胸の中では叫んでいた。

(考え直して、圭一さん、私はあなたと同じ独身で、私たちならすヽべヽてヽがヽすヽんヽなヽりヽいヽくヽわ！)

しかし、いっときのあと、聡子は胸を叩《たた》いて答えた。

「任しといて、コーチ、なににつけても、私はチームのリーダーなんですから」

4

「私もすき好んでこんなことをいいにきてるわけではありません。でも、三十日にこちらでお食事をした五人のうち、二人までが入院してしまって、私と沖君江さんもずいぶんひどい目にあってるんです。これ以上ほかにも被害がひろがってはいけないと思って、今日は無理してやっとここまで来たんですわ」

昨日一人で来た君江とちがって、キッとした態度の聡子の抗議を〈山茶花〉の支配人丸田勇は、はじめはもっぱら低姿勢に受け流していた。が、だんだんこれはこのままでは済みそうもない、という危惧《きぐ》を抱きはじめた様子だ。〈山茶花〉の玄関脇《わき》にある、客の待ち合わせを兼ねた応接室で、聡子は今日で二度めの君江を脇にすわらせて、丸田支配人を睨《にら》みつけている。

――と、背後の扉が開いて、小柄な丸田より二回りほども押出しのいい五十年配の黒の背広姿が、のっけから頭を低くして入って来た。

「私はホテルのほうも兼ねております総支配人の山本と申します。どうもこのたびはとんだ事態が生じまして、当店にお見えになりましたお客様が、何人様もお身体《からだ》を悪くしておられると伺いました。心からお見舞い申しあげます」

一言一言《ひとことひとこと》ゆっくりといって、改めて深く頭をさげた。が、遺憾の意は充分に表明しながら、ホテル側の責任を認めることになるような言葉は注意深く避けていた。

「総支配人さんですか」

聡子は差しだされた名刺にちらと目を走らせてから、

「今も丸田さんに申しあげたことですけど、こちらでお食事した者の四人までひどい状態になってますの。その責任を感じていただかなければ困ります。そもそも〈山茶花〉さんはこういう事故があったと、保健所に届け出をされたんでしょうか」

痛いところを突かれて、山本は唇をへの字にした。

「はい、その点は、当店でお出しいたしましたものが、いたんでいたり、病原菌が付着していたというような原因で、お客様がお身体を悪くされました場合には、もちろん時を置かずに所轄《しょかつ》の品川保健所へ届けでて当局の指示を仰ぐことになっておりますが、何せこの件では、お客様からお申し出がありましてから、すぐ厨房《ちゅうぼう》の検査を徹底的に行いまして、その結果施設にも食品の材料にも、食中毒を予想されるようなものが何ひとつ発見できませんでした。そのためお客様がたに生じました中毒症状は、どちらかよその原因と考えるのが妥当ではないかと、かように考えまして、届け出は控えておるわけでございます。それに——」

このことも断っておかなければと、総支配人はいちだんと声に力をこめた。

「当日はグレース卓球クラブ様のお席以外に、五つのお座敷がすべて満室の状態でございました。しかるに、同じものをお出ししましたほかのお客様からは、いっさいそのようなお申し出はございませんでした。その点も、当店が原因ではないと考える理由なのでございますが」

——その言葉を憶《おぼ》えておきなさいよ。

思わず笑いがこみあげてきた聡子は、腹に力を入れて、いっそう表情を険しくした。が、聡子が反論しないと見た山本は、さらに続けた。

「お伺いいたしましたところですと、林様はじめ皆様は、あの日は卓球の練習日とかで、午後からいろいろと同じものを召しあがっていたそうでございますね。そのあたりは、どのへんまでお調べになりましたでしょうか」

「……………」

「時間的に申しましても、午後にお召しあがりになりましたものですと、夕方にはまだ症状が出なくて、お寝《やす》みになられます頃か、あるいはその翌日あたりからお具合が悪くなるというケースが多いのでございます」

「昼間私たちが食べましたのは、インスタント食品の類《たぐ》いで、中毒の原因になるような生物《なまもの》はございませんわ」

再びドアが開いて、着物姿の女性が、厚く切ったメロンの皿を捧《ささ》げ持ってきた。聡子たち二人がこの席についたあと、さっそくアイスコーヒーが出されていたから、扱いには相当気を遣っているらしい。

「いかがでございましょうか、林様」

女性が退《さが》ると、山本は二人に目を配ってから聡子に視線を絞り、いくらか声をひそめて口を切った。

「こう申しては何でございますが、原因はどうあれ、起きてしまったことはどうしようもありません。たとえ私どもが遺憾の意をお示しするとしましても、何か形のあるものでお受け取りいただくしか方法がございません」

「…………」

聡子は、とぼけたような瞬《まば》きをして、汗が浮き始めた総支配人の鼻の頭を眺めた。

「どうでしょう、単なるお見舞いという意味で、はなはだ些少《さしょう》ではございますが、お一人様十万円のお見舞金をお届け申しあげるということで、ご了承いただけませんでしょうか。もとよりそんなおつもりでおっしゃっているのでないことは、重々承知いたしてはおりますが……」

「山本さん、でございましたね。どうか誤解なさらないでください。私どもはそういうつもりで申しあげているのでは、本当にないんですから」

そんなことでこの件をうやむやにするなど、問題外といわんばかりに、聡子は青竹と杉皮が複雑に組みあげられている天井へ、ぷいと顔を背けた。

彼女の思惑どおり、こうして二回目の話しあいも決裂に終った。

5

翌七月五日水曜、林聡子は、こんどは症状の出なかった古谷ルミまで引き連れて、五時半に再び〈山茶花〉の玄関へ押しかけた。入院していない三人全員が揃《そろ》ったことになる。五時半は料亭が客を迎える仕度で最も慌《あわただ》しい頃合いのはずだ。

この日も昨日と同じパターンで、最初は丸田支配人が聡子達に応対し、話がこじれて三十分ばかり経《た》ったところで、総支配人の山本が顔を出した。

「……私どもなりに誠意を尽してお応《こた》えしております。これ以上おっしゃられましても、当方といたしまして取るべき方法がございません」

ついに山本は、下脹《しもぶく》れの顔面を怒気で紅潮させた。それでも不満なら出るところへ出てくれ、とつぎにはいうつもりかもしれない。

聡子はちらと腕時計に目をやって、ここで席を立つことにした。彼女の仕種《しぐさ》が合図になって、三人は同時に椅子《いす》をずらした。

「わかりました。これだけ申しても、まだ責任をお認めにならないのは、ホテル側に誠意がないものと考えざるを得ません。ことを荒立てたくはなかったのですけれども、この上は保健所などにも訴えて、当局の判断を仰ぐしか仕方がございませんわ」

最後通牒《つうちょう》のような彼女の言葉にも、いちおう玄関まで見送りに出た山本総支配人は、ただ黙って会釈《えしゃく》するだけで、新しい条件を持ちだす様子はない。

その時、玄関の外に、二人ほどの人影が足早やに近づく気配があった。やや乱暴に格子戸《こうしど》が開いた。三十前後の男女一組である。

「いらっしゃいませ」

客の到着と思った下足係の老人が、声を掛けたが、

「いらっしゃいませ、じゃないわよ、本当に……ようやくのことでここまで来たんだわ」

がっしりした体軀《たいく》のフィアンセと連れだった船見千秋が、げっそりしたような顔をして声を荒らげた。

「私たちは先月三十日にここへ来た客よ。まだ四、五日しか経っていないんだから憶えてるでしょ、ほら領収書」

千秋はスーツのポケットから紙片を摑《つか》みだすなり、上り框《がまち》のそばで中腰になっていた

山本総支配人に投げつけるようにした。彼の背後から丸田が慌《あわ》てて声を掛けた。

「はい、むろん存じあげております。何か粗相がございましたでしょうか」

悪い予感でかすかに語尾が震えている。

「粗相どころじゃないわよ。お宅から帰ったその日の夜中から、私たち二人ともひどい下痢になっちゃって、三日間ほとんど動けなかったのよ。近くのお医者さんに診てもらったら、お腹《なか》に何か悪い菌が入ったそうで、吐いたものをいま検査に出してもらってますよ」

「…………」

店側の者はみんな凍りついたようになってことばを失っている。

「私もこちらの彼も、あの日は朝パン食、昼は会社の食堂ですませて、そちらではなんでもないのよ。だから原因はこの店しか考えられないのよ。どうしてくださるの！」

船見千秋は一気にそれだけまくし立てて、傍らの瀬戸口と頷《うなず》きあった。

「何が悪かったのか知らないけど、まったくひどいですよ。ぼくも三日も会社を休んだのは今度がはじめてですよ」

彼だけは心底からの憤慨である。

「何らかの形で責任を取ってもらいたいですね」

スポーツマンタイプの瀬戸口はなかなかの迫力だ。ここは何もいわないのがいちばんと、聡子は可笑《おか》しさをこらえながら沈黙を守った。両脇の君江とルミも、精一杯驚愕《きょうがく》の表情をこしらえている。

「いやもう、これはもう……何ともはや、申し訳のない仕儀でございまして……」

いまはもうすっかりしどろもどろになった山本総支配人は、わけもなく左右に手を振り回しながら、

「取りあえず、皆様、こちらへお入りくださいませんでしょうか」

ホテル側と被害者側との一種の団体交渉は、その夜一挙に進展した。

〈山茶花〉にとって何より痛いのは、この「集団食中毒」を保健所へ届けでるタイミングを逸してしまったことだった。その疑いがあったときに当然届けるべきだったのに、どのような判断にせよ、それをしなかったということは、店側が事実を隠蔽《いんぺい》しようとしたと考えられても致し方がない。当然営業停止処分を受けるだろうし、半年前の騒ぎまで蒸し返されて、マスコミの餌食《えじき》になるのも明らかだった。

とくに〈山茶花〉とホテル全体が、法律的に同一の経営体であるだけに、悪くすると巨大なホテル全体が処分の対象になりかねなかった。

「誠に誠に申し訳ございません。幾重にもお詫《わ》び申しあげますが、どうか私どもに、知っていて隠そうとしたつもりだけはなかったことを、なにとぞ信じていただきたいと存

じます。ひとえに私どもが、事態を誤認していたわけでございます」

五人に豪華な食事が供されている間に、総支配人はもっと上のほうの承認を取りつけてきたらしく、ここで彼はさっそくに具体額の提示を行った。

「この際被害をお受けになりました六人のお客様には、皆様一律に百万円をお見舞金としてお受け取りいただき、当然ながら治療費のほうも全額当社で負担させていただきます。また、ここにいらっしゃいます古谷ルミ様は、幸い何事もなかったようでございますが、ご迷惑をお掛けしましたお詫びとして、些少ではございますが三十万円お収めいただきたいと思います」

ルミの分は口止め料ということだろうか。

「瀬戸口さん、船見さん、今のお話、どうでしょう?」

聡子はもうこのへんで手を打とうというニュアンスをこめて、斜め横の千秋に声を掛けた。

「そうですわね。まあホテル側の誠意を認めて、ここいらで納得したことにいたしましょうか。もっとも私たちはお金を目当てで来たわけじゃありませんから、こういう形でしか解決できないのはちょっと残念ですけど、まあ、やむをえませんものねえ」

千秋は聡子に劣らぬポーカーフェイスを、バッグから出した小ぶりな扇子でしきりとあおいでいる……。

6

七月五日夜、〈山茶花〉の座敷で決着したかにみえた事件は、その後五日を経て、意外な急転回を示すことになった。一日から国立病院に入院していた桐山美貴子が、死亡したのである。

入院以来、美貴子は身体が細いぶんだけふつうの人より回復が遅かったものの、まず順調に快方へ向かっているようであった。ところが、八日土曜の朝から再び症状が激化し、月曜のあけ方息を引きとった。土、日で病院のスタッフが揃《そろ》っておらず、処置が遅れたことも不幸な結果を招いた一因と考えられた。

死因は、サルモネラ菌による中毒と断定された。入院当初から、サルモネラ菌は検便によって判明していたが、病院では念のため遺体を解剖し、やはりそれ以外の死因は考えられないという結論に達した。

だが、夫の桐山良広はそれだけでは納得しなかった。順調に回復していたはずの妻の容態がなぜまた急変し、最悪の事態にまで立ち至ってしまったのか。それは全面的に病院のミスではないかと、院長に直接抗議した。

院長は担当医らと協議した末、サルモネラ菌の感染源がまだ明らかになっていなかった点などを考慮して、警察と保健所に調査を要請することにした。

桐山美貴子が発病の前日、北品川のホテルの中にある料亭〈山茶花《さざんか》〉で会食していたことは、彼女が所属していたグレース卓球クラブのコーチを務める島圭一の口から、警察に伝わった。

「女五人だけで水入らずの五周年祝いをやるんだとかいってましたからね」

捜査員はほか四人のメンバーを一人ずつ訪ね、そのうち三人が美貴子と同様の中毒症状を現わし、吉村みなみは自宅近くの医院に入院していたことを突きとめた。

ここではじめて「集団食中毒」の疑いが浮上した。しかも一人が死亡したのだから、業務上過失致死事件と見ることもできる。事件はホテルの所轄《しよかつ》である品川警察署へ送られた。

七月十二日朝、〈山茶花〉の支配人丸田勇が、品川の海岸通りにある警察署へ喚《よ》ばれた。

取調べに当った刑事課のベテラン平岡警部は、〈山茶花〉から被害者たちに慰謝料が支払われたらしい形跡も、改めて事情聴取した家族たちの口吻《くちぶり》からすでに感じ取っていた。

「丸田さん、こんどのことであんたとこの責任は極めて重大だよ。〈山茶花〉が外聞を怖れて中毒事件を隠蔽しようとしたために、病院も患者の入院当初、原因を充分に把握できなかったきらいがある」

「はい、誠に申しわけありません」

今となっては抗弁のしようもないと、丸田支配人は狭い取調室の中で、小さな身体《からだ》をいよいよ小さくしてひたすら恭順の態度を示していた。

「要するにこれは、あんたの店で起こった集団食中毒事件だ。あんたたちがグレース卓球クラブの宴会の出席者に、金を払って片をつけたこともう割れているんだ。被害者は他にもいるんじゃないの？」

「はあ、その点でございますが……」

こうなれば、もうひと組の客が中毒に罹《かか》ったことも早晩ばれるだろうから、できるだけ心証を悪くしないようにと、丸田はあっさり白状した。

「実はもうひと組、船見様と瀬戸口様にも同じ症状が出ましたそうで、そちらにも百万円ずつお支払いしまして、ご納得をいただいております」

「一人百万か。ほかには？」

「ほかにはもうございません。絶対にこのふた組様だけでございます」

「それにしてもおたくは随分うまく客に口止めしたものだな。この桐山美貴子という女性は、入院時にも〈山茶花〉のサの字もいわなかったそうだよ」

「いいえ、とんでもないです。私どもがお客様に口止めした、などということは一度もございません」

「なにしろ半年前にも似たような食中毒騒ぎが起きているんだからな」

「いえ、本当でございます。最初お客様からお申し出がありましたときには、私どもは今回は〈山茶花〉が原因ではないという判断に立っておりまして、それで届け出をしなかったのです。その点は誠に申しわけなかったと反省しておりますが、当初からお客様に口止めをするというようなことは、誓っていたしておりません」

「変だね。それじゃあ、なぜ患者は金を受取る以前から黙っていたのかね。死亡した女性ばかりか、症状の出たほかの者も、周囲には何もいわなかったらしいんだが」

平岡はちょっと首をひねった。

「いずれにしても、最初は自分とこのせいではないと思ったにせよ、あんたがたが責任を認めて金を払った七月五日の時点で、どうして届け出をしなかったのか」

「はい、その点はもう一言もない私どものミスでございまして、本来届け出るべき時からあまり日が経《た》っておりましたのでつい……ただ、そのときはこれでもう、被害は広がらないと判断したものですから」

「とにかく、この事件は犠牲者が出てるんだ。品川保健所のほうでもおそらく〈山茶花〉を当分営業停止処分にするだろうし、場合によっては本体のホテルだってやられるかもしれんよ」

「ああ、それだけはどうか……」

万一、一日の売り上げが一億円を超すホテルが営業を止められることにでもなれば、自分達は完全に首がとんでしまう。支配人はただただ反省の意を表して、行政処分があまり重いことにならないように、ひたすらお願いする態度だ。

「少くとも支配人のあんたと厨房《ちゅうぼう》の責任者は、業務上過失致死事件の被疑者なんだからね。いつでも連絡がつくように、どこへも行かずに謹慎していてもらわなけりゃならんよ」

この男を調べてもこれ以上は出そうにないと、平岡警部はとどめのひと言で、いったん丸田を帰らせることにした。

その日の夕方、平岡警部が調書の整理をしていると、若手の車刑事が戻ってきた。

「警部、渋谷の神山町と青山まで行って、別口のほうと会ってきました」

丸田の口からもうひと組の被害者の名前が出たので、車刑事は瀬戸口武と船見千秋に別々に事情聴取をして来たのだ。

「やはりこの二人も六月三十日の晩〈山茶花〉で食事して、翌日から下痢と嘔吐《おうと》でひどいめにあったといっています。やっと出歩けるようになったので、五日に〈山茶花〉へ抗議に行ったら、同じ件で揉《も》めていたグレース卓球クラブの三人と偶然いっしょになったんだそうです」

車刑事が「偶然」に妙なアクセントをつけたのを、平岡は耳聡《みみざと》く聞きとって問い返す目になった。

「男のほうがポロリと漏らしたんですよ」

案の定、車刑事はわが意を得たように身を乗りだした。

「船見千秋はOLだし、瀬戸口武の職業を訊《き》くとこっちもふつうのサラリーマンらしいので、それにしては豪勢な食事をしたものですね、といってやったんです。まあ、卓球グループのほうは五周年記念だということでしたが。すると、瀬戸口のいわくに、千秋の誕生日が二日先だったのと、〈山茶花〉は贅沢《ぜいたく》な雰囲気にしては割安だと、千秋がルミさんから勧められたそうで、と……」

「なに、千秋とルミは知合いだったのか?」

「そうなんですよ。いや、瀬戸口もいってしまった瞬間にまずかったかな、という顔をしてましたが、もう取り返しがつかない。押して訊いたところ、二人は中学、高校といっしょの仲良しグループだったようです」

「ほう……」

「しかもおかしなことには、〈山茶花〉の丸田たちの話では、五日に二人が玄関先で鉢合わせしたときには、どちらも知らん顔だったというじゃないですか」

「そうか……そういうことだったのか……」

平岡警部はしきりに耳朶《みみたぶ》を引っぱりながら、何度も小さく頷《うなず》いている。彼の、事件に対する見方が変ったことが、そのいつもの癖で車刑事にもわかった。

7

翌十三日は、朝から品川署へ、グレース卓球クラブの四人と、瀬戸口、千秋――計六人の〈山茶花〉の客達が、残らず喚び出しを受けた。退院したばかりの吉村みなみにも容赦はなかった。

一人一人別々の調べ室に分けられて、刑事課の大半が腰を据えて取調べに当った。

刑事課長の平岡警部は、クラブリーダーの林聡子を締めあげた。

「ママさんバレーとかママさん卓球などというのは、健康な主婦のレクリエーションと思っていたが、グループによってはすごいことをやってのけるもんだね。全員で謀《はか》って、いや、共犯者まで巻きこんで料亭を強請《ゆす》ろうっていうんだから」

「………」

「古谷ルミと船見千秋が中学、高校の同級生だと判《わか》ってから、ほかの同級生を捜しだして、聞込みしたところが、二人とも有名なスケバングループのリーダー格で、何回も仲良く補導されてたっていうじゃないか。そういう二人が、偶然同じ日に同じ店へ来て、同じような食中毒に罹ったとは、それが偶然で通ると思うかね」

「……」

「これでようやく納得したよ。料亭へねじこむ以前には、誰一人〈山茶花〉で会食したことなぞおくびにも出さなかったわけがね。集団食中毒が公《おおやけ》になって、当局の調査が入ったら、恐喝どころではなくなるんだからね。——さあ、そろそろ吐いたらどうかね。ほかの連中はとっくに喋《しゃべ》ってるんだよ」

実のところどうなのか、まだわからないのだが、平岡はそう踏んでいたし、聡子もまたそうあきらめていた。もともと気の弱い沖君江や人の好《い》い吉村みなみがそんなに長く持ちこたえられるわけはないのだ。

「すみません。中毒事件は私たちが仕組んだものです。警部さんのおっしゃる通り、慰謝料を取るのが目的でした。申しわけありませんでした」

自供するとなれば、せいぜい神妙な態度で、聡子は一度深々と頭を下げた。

「といっても、まったくありもしない狂言でもなかったわけだ。現に何人も症状が出て、一人死んでいる。一応みんなサルモネラ菌を口に入れたんだね？」

「はい」

「それはどこから手に入れた？」

「沖君江さんに頼んで……彼女のご主人が大学に勤めていて、研究室などへも出入りできるもんですから」

平岡は聡子を残して、いったん部屋を出た。沖君江が調べを受けている部屋へ行くと、予想通り、君江は目を赤く泣き腫《は》らして、およその自白は取れている模様だった。

「申しわけありません。リーダーの聡子さんにどうしてもっていわれたので、主人に頼みました。私たちのクラブのボランティア活動で消毒の実験に使うからと嘘《うそ》をついて、大学の実験室で培養しているサルモネラ菌の瓶をひとつ持ちだしてもらいました。主人は本当のことは何も知らないんです」

君江はまた泣きじゃくりながら、確認する形の平岡の問いに答えた。

「で、そのサルモネラ菌が入った瓶は、使用後どうしたんですか」

君江はちょっと虚を衝《つ》かれたような顔をした。

「あのあとは……そういえば聡子さんが、バッグに入れて持ち帰ったんです。たぶんもう捨てたと思いますけど」

平岡警部は林聡子を待たせている小部屋へ戻った。

「大体の様子はわかったが、サルモネラ菌が入った問題の瓶は、あんたが〈山茶花〉から持って帰ったそうじゃないか」

　聡子もハッとした表情を浮かべた。

「え、ええ、みなみさんがモタモタしていたので、仲居さんが来る前に急いで私がバッグに入れて……」

「今はどこにある？」

「家に帰ってからそのまま捨てました。蓋《ふた》はきちんとしてありましたから、中身が漏れたりして、また新たなご迷惑を掛けるようなことは絶対にありません」

　聡子はあとのほうに力をこめた。

「いつ、どこへ、どういうふうに捨てたの」

『集団食中毒』は今や詐欺《さぎ》事件に発展しつつあるので、その瓶は大切な証拠物件なのだ。

「瓶は分別ゴミの燃えないほうですから、マンションのゴミ捨て場のその区画にほかの不燃ゴミといっしょに捨てました。私の中毒症状がおさまってからだったから、二、三日経っていたかもしれませんけど」

「事件から二、三日というと七月二日か三日頃だね。あんたのマンションの不燃ゴミの収集日はいつかね」

「毎月一日と十五日です」

　今日は七月十三日。

息を吸いこんで立ちあがった平岡を、聡子がどこか不安げに見あげた。

8

品川署に喚《よ》ばれた六人のうち五人が、昼まえには共謀の事実を認めた。全員に詐欺罪が適用されることになる。一人男性の瀬戸口だけが、そのような計画に加わった憶《おぼ》えはないと、あくまで否認を続けていた。

平岡警部は、車刑事ら三人の捜査員に聡子と君江を同行させて、聡子の住居である柿の木坂のマンションへ向かわせた。まだ逮捕状は執行されてないからこれも任意ではあるが、二人はまるでもう手錠でもかけられたようにしょげ返っていた。

署に残した四人を広めの会議室へ移して待たせておいたところへ、車刑事たちがまた聡子と君江をつれて戻ってきた。

「瓶は簡単に見つかりました。供述どおり、彼女が捨てた分別ゴミが入った袋の中にありました」

車刑事は透明な丸首の小瓶を、証拠物を保管するビニール袋から大事そうに取りだして、平岡警部へ手渡した。瓶の中には、底のほうに、まだ少し無色透明な液体が残っている。

「みんな、この瓶をよく見てもらいたい」

平岡は待たされていた四人の前にその瓶をかざした。

「あなたがた〈山茶花〉で、各々《おのおの》の料理の皿にサルモネラ菌を垂らしたときのものにまちがいないかどうか」

つぎには一人ずつ、目の前で確認させた。

「どうかな」

「ええ、これだったと思います」

「そうです。ここから菌をお皿に垂らしました」

「憶えています。この瓶です」

はじめて見るという瀬戸口以外からは、肯定の答えが返ってきた。別動組の船見千秋は、前日ルミからこの瓶を渡され、自分の用意した瓶に五目盛ほど液体を移したとのべた。そこから自分と瀬戸口の料理にひと目盛ずつ掛けた。残りの入った瓶は帰宅後、ほかのゴミといっしょにして、四日後の収集日に捨てたという。瀬戸口だけは憮然《ぶぜん》とした面持《おももち》で千秋を見据えていた。

「でも、ちょっと変だわ」

吉村みなみが、退院したての落ちくぼんだ眼を瞬《しばた》きながら、呟《つぶや》いた。

「瓶の中身はもっと残っていたと思います」

「そうね、たしかに大分減ってるわ」

ルミと、続いて君江も、同意する様子だ。

「どういうことかな。あんたがたは〈山茶花〉でここから中身を自分の料理に振りかけた。そのあとでも、もっとたくさん残っていた、ということか」

平岡の表情がやや緊張している。

「ええ、この瓶、目盛りが二十ついているんです」

みなみが説明を買ってでた。

「私たちは聡子さんから、ひどい中毒にならないよう、目盛りひとつ分くらいを振りかけなさいっていわれたんです。聡子さんは知合いのお医者さんからそれとなく教わってきたそうでしたけど。それで、とても神経を使って、それ以上かけないように注意したんです。そうだったわね」

と、君江を振り向いた。

「そうです。私が主人からこれを貰《もら》った時には二十目盛まで入っていて、ここから船見さんたちに少し多めに五目盛分ほど分けて、その後は私たちが〈山茶花〉でみんなで五目盛使いました。だから最後には半分よりちょっと少いくらい残っていたと思いますけど」

「なるほど。つまり最後には、液体は約十目盛分残っていたことをみんなが見ていた。しかるに今は、二目盛より少いくらいだ」

平岡は瓶を自分の目に近付けた。

「しかし、林さんがいった通りだ。きっちり蓋が閉まっている。捨てられたあとでこぼれた形跡はまったくない。するとおかしなことになる」

彼は林聡子に向き直った。がっしりした造作の顔が、いちだんと厳しさを加えていた。

「林さん、あんたはさっきこういったね。家へ帰ってからそのまま捨てました。蓋はきちんとしてありましたから、中身が漏れたりして、また新たなご迷惑を掛けるようなことは絶対にありません、と。では、この液体のおよそ八目盛分は、いつ、どこで消えたんだろうね」

「さあ……そんなこと私に訊《き》かれても……」

聡子はかろうじて答えたが、顔からみるみる血の気が退《ひ》いていった。

9

林聡子がコーチの島圭一を挟んで桐山美貴子と三角関係に近い立場にあったこと。美貴子の容態が悪化した七月八日の前日七日の午後四時頃、夕食の配膳《はいぜん》前に聡子が美貴子の病室を見舞ったこと。さらに、サルモネラ菌の中毒の場合、患者がいったん回復しかけてからとくべつの理由もなく容態が急変するというのは、きわめて異例であること、などが、短時間で調べだされた。

いずれも情況証拠ではあったが、平岡らのきびしい追及に、さすがの聡子も耐えきれなかった。

最後はすっかり観念した様子で、素直に自白した。

「こんな大それた罪を犯してしまうことになるなんて、考えてもおりませんでした。もともと私たちは、ほんのささやかなアルバイトをしているつもりだったんですから。グレース卓球クラブの運営費と、それに、みんなが少しばかりのお小遣いをポケットに入れられれば満足していたんです。

ただ今度の〈山茶花〉の計画は、相手に大きなホテルの後ろ盾がある上、私たちも実際にサルモネラ菌を口に入れるという危険を冒すわけですから、いつもより少しはまとまったものをいただきたいと思ってはいたんです。

計画はとてもうまくいきました。私が余分なことさえしなければ。——そう、このドサクサに桐山美貴子さんを亡《な》きものにしてしまおうなんて……魔がさしたんですわ。〈山茶花〉で吉村みなみさんの手から例の瓶を取って私のバッグに入れたのは、彼女がもたもたしていて、仲居さんの目に止まってはいけないと、咄嗟《とっさ》にやったことです。あとでまた利用しようなんて、決して考えていたわけではありません。ですから、本当に帰ってすぐ捨てればよかったんです。うっかり忘れていたんです。

そのうち、美貴子さんが入院するほどの重症になって、万一このまま亡くなるようなことがあれば……彼女さえいなくなれば、島圭一さんはきっと私のものになると思いました。私は主人に先立たれたあと、まだ中学生の娘と二人きりの寂しい境涯なんです。リーダー然としているようでも、心の中では誰か頼れる人がほしかったんです。それに比べて美貴子さんは、立派なご主人や息子や娘もいるのに、その上島さんまで自分のものにして、欲ばりすぎてるんじゃないでしょうか。

サルモネラ菌の中毒のことは、私が発案者ですから、ひと通り調べてありました。中毒症状は、その人の体力や体調などのほか、当然、体内に入った菌の量で左右され、最悪の場合には死に至るということでした。

七月七日午後、美貴子さんの病室をお見舞いした時には、三人部屋の中で、ひとつのベッドは空《あ》いていて、もうひとつのベッドの患者さんはたまたま検査に行き、美貴子さん一人が寝《やす》んでいました。しばらく雑談しているうち、配膳車が回ってきて、彼女の食事が運ばれてきました。そのあと、彼女がトイレに立ったので、その間に瓶の中に残っていた液体の三分の二くらいを、少しずつ、三皿のお惣菜《そうざい》に振りかけました。それなら気付かれる心配はありません。液体は無色無臭ですから。何もかも、皮肉なほど条件が整っていたんです。

でも、今ではどうしてあんなことをしてしまったのか、自分で自分の行為が信じられないような気持です。だって、もともとささやかなアルバイトから発したことですもの。私としたことが、大それたことを企《たくら》んでしまったのがまちがいだったのです」

あのひとの髪

1

音は聞こえないが、風が出てきたのだろうか。

誰が開けたのか、葬祭場の中にある広い日本間の襖《ふすま》が細く開かれていて、縁側とガラス戸の先に暗い庭が見える。夏の盛りの葉を繁《しげ》らせている何かの木のシルエットが時々ゆさゆさと揺れるさまが、祭壇の脇《わき》にすわっている秋島杏子《きょうこ》の目に映った。

通夜《つや》は午後七時からだったが、夜更《よふ》けるにつれて、弔問客はひきもきらなかった。が、十時をすぎた頃から、ようやく少し間があき始めた様子だ。

と、また一人、紺のスーツにネクタイだけ黒に替えた五十がらみの男性が、腰をかがめて杏子の前に歩み寄り、畳に両手をつくなり呻《うめ》くように悔みをのべた。

「──いやあ、まさか急にこんなことになられるとは……秋島さんには本当にお世話になった者で……何と申しあげてよいやら……」

真情のこもることばを聞くと、杏子はまたこみあげてきた涙をハンカチで押さえた。

祭壇の前にすわった男性は、太めの上体を捩《よじ》るようにして、黒いリボンを掛けられた秋島の遺影を見あげた。秋島優平の男っぽくて磊落《らいらく》な笑顔が見返している。確か三年前の早春に、杏子と、大学生の息子とその友だちとの四人で蔵王《ざおう》のスキー場へ行った時の写真だから、秋島はこの時まだ四十五歳の若さだった。あれから三年経《た》っても、心持ち白髪が増えたというくらいしか変っていなかったのに——。

遺影の笑顔も、つい昨日まで杏子が毎日接していたものだ。まるでそれが自分にだけ見せる彼のプライベートな表情ででもあるかと、杏子は漠然と錯覚していたような気がする。

でも、実は彼の笑顔は、半分以上、いやもっとはるかに大きな割合いで、外に向けられていたのだ。考えてみれば当然のことを、杏子はふいに今日気づかされた思いだった。

というのも、突然の訃報《ふほう》を聞き、通夜に駆けつけてくれる人たちは、杏子が想像もしていなかったほど大勢で、業種も多様だった。人によっては杏子に氏名を名乗り、秋島との親密さを想像させる悔みをのべたが、そのほとんどが自分のまったく知らない人たちであることに、杏子はショックを受けた。秋島は仕事のことをあまり家では喋《しゃべ》らなかったし、ことに悩みや苦労話などいっさいしなかったのは、四つ年下で「お嬢さん育ち」といわれつけていた杏子への労《いたわ》りだったのだとしても——。

いずれにせよ、結婚以来二十二年、秋島は休日を除くほとんどの日々、朝八時前に家を出て会社へ向かい、帰宅は早くて夜七時半、夜中になる日もざらだった。つまり、彼の人生の時間の圧倒的大半は家庭の外で費されていたわけで、従って彼の頭脳や精神の大部分も、杏子の知らない外の世界のことで占められていたわけなのだ。

当り前といえばしごく当り前のことを、今になって悟らされるなんて。もう取り返しのつかない今になって——。

四十八歳の秋島は、清涼飲料や乳酸飲料などの製造販売をする上場企業のマーケティング部長をつとめていた。

今朝もふだんと変りなく、西荻《にしおぎ》の自宅を出た。秋島家は代々の素封家で、夫婦と一人息子の家族三人が住んでいる土地と家も、秋島の両親から受け継いだものだ。

御茶の水にある本社から電話が入ったのは午後一時少しすぎだった。秋島が突然激しい頭痛と吐き気を訴えて、救急車で近くの病院へ運ばれたという。

杏子が湯島の大学病院へ駆けつけた時、彼はICUのベッドで、たくさんの医療器機のコードやチューブに繋《つな》がれていた。だが、意識はあった。杏子の呼びかけに目を開けた彼は、かすかに唇を動かして、何かいおうとした。が、声は出なかった。

やがて、うすく開かれていた瞼《まぶた》が落ちるようにふさがり、心電図モニターの波形が乱れ始めた。若い医師が汗みずくになってさまざまの蘇生術《そせいじゅつ》を試みたが、甲斐《かい》はなかった。

病名はクモ膜下出血と診断された。

それからは、会社の人たちと葬儀屋とが何もかも驚くほど手早く取り仕切ってくれたという感じで、杏子はただ彼らのいうなりに動いていたようなものだった。自宅から比較的近い阿佐谷《あさがや》の葬祭場が選ばれ、通夜が八月十八日今日の午後七時から、告別式は明日午後一時からと決まった——。

杏子の目は、いつのまにかまた、細く覗《のぞ》き見える庭先の闇《やみ》へ注がれていた。明るい祭壇や遺影を見るより、暗がりへ目を向けていたほうが、なぜかわずかでも心が休まった。

秋島と杏子とは学生時代に恋に落ちた。彼は一浪していたので、杏子が一回生でテニス部へ入った時、彼はまだ四回生で在籍していた。

彼は卒業後今の会社へ就職し、杏子の卒業を待って結婚した。それで杏子は就職経験も持たない世間知らずの妻になってしまった。

秋島は欠点の少い、優しい夫だった。会社では同期の出世頭といわれながら、愛妻家で通っていたらしい。二十二年間が波風立たずに過ぎ、夫は家庭でいつも機嫌よく寛《くつろ》いでいたから、杏子は自分たち夫婦が無言のうちに何もかもわかりあっているつもりで安心しきっていた。

でも、それはもしかしたらとんでもない錯覚だったのではないだろうか。

夫の意識の大部分は、自分の知らない世界の事々で埋められていたのにちがいない。

私は夫をどれほどわかっていたといえるだろう?

たとえば、最期《さいご》に彼が唇を動かした時、何をいおうとしたのか。私にはわからない。

「心残りだ」といいたかったのか、それとも「幸せだった」というつもりだったか、「息子を頼む」といい残したのか、幾通りにも想像できるということは、なんにもわからないのと一緒だ。

考えてみれば、夫にしても、折にふれて妻の心のうちを尋ねるというようなこともしなかった。寛いでいたように見えて、内心では仕事のことで思い悩んでいたのかもしれない。

いったい私たちは、どれほど理解しあっていたといえるのだろう……?

身体《からだ》が震えそうになる寂しさに、杏子は襲われた。

庭の植木がまた大きく揺れて傾《かし》いだ。暗がりの中で一本だけ心細げに風に吹かれている木が、まるで今の自分の姿のように感じられた。

ふいにその視界が遮られた。

黒いスーツを着た女性が、目の前にすわっていた。

栗色《くりいろ》の髪をひっつめに後ろでまとめた卵形の顔には、まだ三十代の張りがあった。勝気そうに目尻《めじり》が上って、薄い大きめの口を、歯をくいしばるように引き結んでいる。それでも、赤くただれた目許《めもと》から新しい涙が溢《あふ》れかけていた。

彼女は杏子に向かって無言で一礼すると、祭壇へにじり寄った。遺影を見あげるなり、ハンカチを鼻と口に押しあてて嗚咽《おえつ》をこらえた。

しばらくはそうやって肩を震わせていたが、ようやく無理矢理にも感情をのみ下した様子で顔をあげ、焼香をすませた。

そのまま辞去するかと思っていると、彼女は再び杏子の前で膝《ひざ》を折った。

「奥さま、折入ってお話が」と、囁《ささや》き声でいう。

「今は……」

杏子は周囲を見回し、思わずちょっと非礼を咎《とが》める口調になった。が、彼女はさっきとはちがう、どこかキッとした眼差《まなざし》で見返してくる。

「いえ、どうしても今夜中にお話ししなければならないことがあるんです。明日では手遅れになりますので」

「……？」

つぎには奇妙に改まった仕種《しぐさ》で自分の腹のあたりへ視線を落とした。

「実は私、秋島さんの子を妊娠しております」

2

ホールの横にあった無人の控え室の椅子《いす》で向かいあうと、女は千野希央《きお》と名乗った。

三十一歳で、広告代理店〈クラウド7《セブン》〉の契約社員だという。業界では中程度の会社かと思われ、社名は杏子にも聞き憶《おぼ》えがあった。

「奥さまもご存知の通り、秋島さんの会社はテレビや新聞によく広告を出されています。うちへも発注していただいて、私は営業にいますので、仕事でたびたびお会いする機会がありました」

希央は臆《おく》するふうもなく、むしろ切口上に響くほど歯切れよく話した。マーケティング部長だった秋島は、コマーシャル制作の責任者で、今夜の弔問客にはテレビ局や広告業界の人たちも多かったことを、杏子は思いめぐらした。

「深いお付合いになったのは、約二年前の九月からです。映画の制作発表会のパーティの帰りに、私の高井戸のマンションまでタクシーで送っていただきました。秋島さんは悪酔いされたみたいで、途中から気分が悪そうだったので、少しお休みになるように、お勧めしました。それで、三十分ほど私の部屋のソファで横になられて、その時はそのままお帰りになったのです。でも、翌週の金曜、世話になったお礼にといって、お食事をご馳走《ちそう》していただきました。そのあと横浜までドライブして、ホテルに誘われたのです。それが最初でした」

杏子はまるで映画かテレビドラマでも観《み》ているような非現実的な気分で、形よく動く希央の唇を眺めていた。

「その後、時々ホテルでデートしていましたが、人目があるので、この一年くらいは、月に一、二回、彼が私のマンションへ寄る習慣でした。最後は先週の火曜……」

希央は突然声を詰らせて俯《うつむ》いた。大粒の涙がたて続けに頬にこぼれ落ちた。

いっとき噎《むせ》び泣いていたが、ハンカチで涙を拭《ぬぐ》い、まっすぐに顔をあげた。

「妊娠がわかったのは、ふた月ほど前です。いえ、それ以前から気にはなっていたのですが、仕事が忙しくて、なかなか時間がつくれなかったんです。六月初めに少し休みをとって、やっと病院へ行ったわけです」

口を開くと、再びしっかりした声で続ける。

「胎齢十五週といわれました。ですから今は、二十五週になります」

希央は黒いスカートの腹部へそっと手を当てた。杏子の目にも確かにふっくらとせり出して見える。この頃は妊娠を週であらわすのだろうか。二十五週なら六ヵ月に入っているわけか……？

「はっきりしてから、秋島さんに話しました」

杏子はドキリとして背筋を立てた。それまではやはりまだ架空の物語か他人事《ひとごと》のような上の空で聞いていたのだったが、これは夫に関係したこと、少くとも相手はそういおうとしているのだ。

「六月九日金曜の、夕方から雨が降り出した夜でした。いつものように彼が──」

希央は日付や天候をいちいち記憶する習慣なのか、それとも記録でも取っているのだろうか？

「彼が私のマンションへ来た時、妊娠していることと、仮りの予定日は十二月五日、胎児の発育につれて予定日が決まると、お医者さんにいわれた通りを伝えました。ありのままに申しあげますと、最初彼は、堕《お》ろしてほしいと私に頼んだんです。でも、私はどうしても産みたくて、本当にそのつもりでした。彼は、しばらく考えさせてくれといって帰りました」

「………」

「それからは会うたびにその話になりましたけど、私の決心を変えさせることはできないと、彼も悟り始めたようでした。そのうち二十三週に入って、胎児はほぼ女の子だとわかると、急に彼のほうの気持が変ってきて……うちは息子一人だから、ぼくは娘のいる人が羨《うらやま》しかったんだ、とか、君にそっくりな子供が生まれたらさぞ可愛《かわい》いだろう、なんて……」

希央は声を震わせたが、唇を嚙《か》みしめて感情を抑えた。

「最近では、彼のほうから、良い子を産んでくれ、ぼくもできる限りの援助をするからと……最後に会った先週の金曜には、子供が生まれたら認知すると、そこまで約束してくれたんです。だから、もし彼がとても高齢だったり、病気がちだったりしたら、認知の遺言をつくっておいてくれていたかもしれません。でもまさか、四十八歳で急にこんなことになるなんて、夢にも考えていなかったでしょうから……」

希央は再びこみあげてくる悲しみに耐えるように、肩を張り、膝《ひざ》の上で両手をきつく握りしめている。

そのままいつまでも黙っているので、杏子はどうにか自分を落着かせ、混乱した頭の中を整理しながら、思いきって口を開いた。

「失礼ですけど、あの……秋島は亡《な》くなってしまったわけですから、今さら認知することはできないでしょうし……」

「いいえ、そんなものでもないんです。父親が死亡しても、その後三年間は認知の訴えを起こすことができるそうです」

「………」

「でも、私はそんなことは望んでいません」

「すると……？」

「戸籍上の認知なんて、もともと私には関心がなかったんです。まして、秋島さんが亡くなってしまったあとでは。でも、私のお腹《なか》の子が秋島さんの子であることにはまちがいないのですから、奥さまに相応のことをしていただきたいと思います」

「相応のこと、とおっしゃいますと……？」

希央は軽く視線を下げた。が、すぐそれを上げると、たじろがない眼差しで杏子をみつめた。

「弁護士さんに伺ったところ、胎児は相続についてすでに生まれたものとみなす、という民法の規定があるのだそうです。すると私のお腹の子には、秋島さんの遺産を相続する権利があるわけです。もっとも、正式の夫婦の子ではない、つまり嫡出《ちゃくしゅつ》でない子ですから、相続分は嫡出子の二分の一ですけど」

「………」

「勿論《もちろん》私は、そんなことまで考えて、秋島さんの子を産もうと決心したわけじゃありません。でも、急に思いもかけない不幸が起きて、それから、彼が私に話していたことなどを思い返すと、いろんな意味で、経済的にも少しでも恵まれた条件の中で子供を育てたほうが、きっと彼も喜んでくださるだろうと考えたのです」

「………」

「相続人みんなの合意があれば、遺産の分与ができるとも聞きました。ですから、奥さまがご子息と話し合われて、私のお腹の中の胎児に相応の分与をしてくださるように、お願いします」

当然の要求をしているのだという顔で、希央はわずかに頭をさげただけだった。

杏子は困惑した気持で思案をさ迷わせていたが、やがてようやく反撃の糸口を見つけた。

「ですけど……いくらあなたがそうおっしゃっても、お腹の中のお子さんが確かに秋島の子だという証拠でもあるのでしょうか」

「………」

「この先遺言《ゆいごん》でも出てくれば別ですけど、きちんとした証拠がない限り、あなたのお話だけでは信じられませんわ」

いっとき黙っていた希央は、杏子のことばをなかば予測していたような表情になって頷《うなず》いた。

「さっき私が、急いで奥さまとお話ししたいとお願いしたのは、その意味もあったのです。どうしても証拠が要るとおっしゃるのでしたら、秋島さんの髪の毛をいただけませんか。親子関係の証明には、最近ではDNA鑑定が主流なんですが、亡くなられた方の場合には頭髪が、毛根をつけて二、三本あれば充分だそうです。それと私の唾液《だえき》と、生まれてきた子供の唾液、よほど急ぐなら羊水を採っても鑑定できると聞きました」

「………」

「今夜中にと申しあげたのは、明日秋島さんが荼毘《だび》に付されてしまってからでは、もう間に合わないからなんです」

「それで、杏子さんは何と返答したんですか」

谷口仁は驚きと好奇の混じる丸い目を見張って杏子をみつめた。

3

午後十一時をすぎると、さすがに弔問客の足も途絶えた。葬祭場の職員は先に帰っていたから、祭壇のある座敷では居残ってくれていた社員たちが片づけを始めている。秋島の弟夫婦などの親戚《しんせき》や、大学生の長男も加わっていたから、杏子はそっと抜けて、秋島の学生時代からの親友で杏子も結婚前からの知合いだった谷口を別室へ呼んだ。ホールのほうまで行かなくても、近くに控えの小部屋があり、今は無人なので、二人はそこの畳にすわった。

谷口は中学から大学まで秋島と同級生で、今は損害保険会社の管理職をしている。秋島と似た明朗快活なタイプで、多少オッチョコチョイなところもあるが、根は情の深い人だ。兄弟などの身内よりも、秋島は谷口になら何でも話していたのではないかと思い、杏子は彼に今しがたのいきさつをありのまま打ちあけた。とても一人で胸の中にしまっておける問題ではなかった。

「考えておきますと答えて、とにかく今日は帰っていただいたんです。でも、ショックを通りこして、今はだんだん腹が立ってきたわ」

お互いに学生時代から知っているので、杏子は自然と友だちのような話し方になる。

「だって、お通夜《つや》の最中に、強引に私を引っぱり出して、あげくの果てに遺髪をください、なんて。それも恐縮する素振りなんて、まるでないの。自分のいってることは全部正しくて、当然の要求をしているんだとでもいわんばかりの顔をして。きっと秋島の訃《ふ》報《ほう》を聞いた直後に、弁護士に相談して、知恵をつけられて来たんじゃないかしら」

谷口は、部屋の隅に重ねてあったアルミの灰皿を一つ取ると、ポケットからタバコを出した。

「その女の話を聞いた時、杏子さんはどう感じました？」

「それは、まさかとは思いましたけど……」

「けど、秋島を百パーセント信じきることはできない？」

「いえ、そういうわけでもないんですけど、でも、いちいち日付までくわしくいわれると……秋島が女の子を欲しがっていたことも事実ですし……」

すると谷口は、煙を吐きながらおかしそうに少し笑った。

「杏子さんは人が好《い》いなあ。やっぱりお嬢さん育ちの世間知らずなんだな」

「…………」

「結論からいって、ぼくはその女の話は全部でたらめだと思いますね。あわよくば遺産の一部をせしめようという、詐欺《さぎ》みたいなもんですよ」

「お腹は本当に膨らんでいたわ」

「いやまあ、妊娠は事実かもしれない。しかし別の男の子供に決まってますよ」

谷口の断言に力付けられたように、杏子は急に気持が軽くなった。

「そうですよね。たとえ一度や二度浮気したとしても、よそに子供をつくるなんて、秋島がそんなひどい裏切りをするはずがないわ」

まるで煙《けむ》に巻かれたようにあの女のペースにまきこまれて、自分はほんとになんて愚かな疑いにとりつかれていたのだろう！

「いやあ、彼は一度も浮気はしてなかったと思うな。そりゃあ、あれだけ魅力のある人物で、付合いも広かったから、ずいぶんもてましたよ。彼も口ではわざときわどい冗談なんかいってたけど、ほんとはほかの女など全然興味がなかったんだ。彼は杏子さん一人を大切に思っていたんですよ」

そこまでいわれて、杏子はまた新しい涙が溢《あふ》れた。

「で、相手はなんといって帰ったんです？」

「明日もう一度来ますから、遺髪を用意しておいてください、というようなことを。でも、断りますわ」

「どうして？　渡してやればいいじゃないですか」

谷口が意外なことをいう。

「どうせ証明なんてできっこないんだから」

こともなげな口調だ。

杏子は黙りこんだ。夫の遺体から頭髪を抜く自分を想像すると、ひどく屈辱的な思いがした。なぜそこまで、見ず知らずの女のいう通りにしなければならないのか。

「いやだわ、やっぱり」

「しかしね、拒絶すると、こちらに弱味があるのかと勘ぐられて、かえって厄介なことになるんじゃないかなあ。たとえば、あたかも秋島と関係があったかのような証人を連れてきたり、DNAが無理でも血液型だけでも一致すると申し立てるとか。実際にそんな例を聞いた憶《おぼ》えがありますよ」

「………」

「秋島に限って、絶対心配ないんだから、遺髪を渡してやって、親子関係が否定されれば、決着がついてさっぱりするんじゃないですか」

「ええ……」

頷いてみたが、杏子の心はどこか落着かない。

絶対心配ないと、谷口はいうけれど――

杏子はガラス戸の外へ視線をさ迷わせた。

周囲の灯りが落ちて、いっそう暗くなった庭先で、植木のシルエットが激しく揺さぶられている。風の音も聞こえ、さっきより荒れ模様になってきたのかもしれない。

祭壇に飾られていた夫の遺影が、杏子の瞼《まぶた》に浮かんだ。

あの温かくて人当りのいい笑顔を、彼はほとんど外へ向けていたのだ。杏子の知らないさまざまな世界で、おおぜいの人たちと魅力的な人間関係をつくりあげていたのだろう。

私はいったいどれほど夫を理解していたというのだろう……？

千野希央と名乗った若いキャリアウーマン風の女とも、彼は仕事を通して杏子には想像もつかない会話を交わし、彼らにしかわからない感動や充実を分かちあっていたのかもしれない。

万一、酒の勢いとか、その場限りの遊びの気分にせよ、二人が男と女の関係を持ち、希央が妊娠したのだとしたら……？

遺髪を渡し、DNA鑑定で証明されてしまったら、あの女は鬼の首を取ったように世間にいいふらすにちがいない。遺産相続ばかりか、この先一生、さまざまな形で責任を取らされる羽目になりはしないか。夫の思い出は汚《けが》され、長男の将来にも悪い影響を及ぼすのではないだろうか……？

杏子は重い溜《た》め息をついた。

「どうしてもそんな気になれないわ、主人の髪を抜いて渡すなんて……」

黙ってタバコを消した谷口は、部屋の反対側の隅に置かれた冷蔵庫まで歩いていった。いっぱいに詰めてあった缶ビールを二つと、上のグラスを二箇取って、戻ってきた。

盆の上にグラスを置いて、ビールを注いだ。

「まあ、杏子さんが絶対にいやだというのなら、断わるだけのことだろうけど」

グラスを口へ運びながら、ちょっと上目遣いにこちらを見守っている谷口の眼差《まなざし》には、どこかからかうような、多少皮肉な光がこもっていた。その意味が、杏子にもヒリヒリと伝わってくる。彼は、やっぱり杏子が夫を完全には信じられないのだと思って眺めているのだ。秋島との男同士の連帯感のようなものから、心の隅で杏子を蔑《さげす》んでいるかもしれない。

「別に、それで片づくものなら、渡してあげてもいいんですけど」

杏子はまるで言訳するように呟いた。

「ただ、毛根をつけてとかいってましたから……あの人の頭から髪の毛を引き抜くのが、なんだか可哀相《かわいそう》みたい……」

「このごろ少し薄くなってきたなんて、ちょっと気にしてたからなあ」

谷口も急にしんみりした声になって、自分も気になり始めている前髪を指でかきあげた。

4

半紙に包まれた三本の毛髪に目を落とした時、

どこかちがう――

希央の最初の直感だった。

一本をつまみあげてみる。五、六センチの長さの黒い髪の一端には、目を近づけてみると、表皮の一部かと思われる微細な白いフケみたいなものが付着している。

ほかの二本にもそれは認められた。「毛根をつけて」といったこちらの希望通り、頭髪を切り取るのではなく、引き抜いてくれたことが推測できた。

それはいいのだが、この髪は、なんとなくちがうような気がしてならない。心持ち太いのだろうか。秋島の髪はもう少し細くて柔らかく、腰がなかった。それで頭髪全体にボリュームが出ないため、パーマをかけようか、などと半分冗談めかしていっていた。そんな話を、おおぜいの飲み会などでも平気でする人だった。

希央は、髪の毛が入っていた封筒を改めて手に取った。厚めの白い紙の、ふつうより横幅のある封筒には、何も書かれてなく、封の部分はしっかりと糊付《のりづ》けされていた。今しがた開ける時は、鋏《はさみ》で端を切った。中は、半紙に包んだ頭髪だけで、手紙なども入ってなく、杏子の憮然《ぶぜん》とした感情を物語るようでもあった。

だが、これが秋島の遺髪として彼女に渡されたことは明らかと思われた。

告別式は、今日の午後一時から、昨夜と同じ阿佐谷の葬祭場で行われた。

式の終りには、三、四人ずつ並んで焼香をすませた会葬者たちが、列になって出口へ向かった。希央がロビーへ出た時、後ろから軽く肩を叩《たた》かれた。振り返ると、四十代後半の、秋島と同年配くらいの礼服姿の男性が立っていた。

「千野希央さんでしょうか」と尋ねられ、「はい」と答えると、彼は手ぶりで彼女をロビーの隅へ導いた。

彼は内ポケットから白い封筒を取り出して、希央に差し出した。

「これを千野さんにお渡ししてほしいと、奥さまから託《ことづ》かりましたので。お渡しするだけでわかるということでしたが」

希央は受け取って、黙って少し頭をさげた。男性もお辞儀を返し、

「本日はご会葬ありがとうございました」

儀礼的な挨拶《あいさつ》をしたが、顔をあげた彼は、どこか好奇の眼差で彼女を見送っていたように感じられた……。

希央はひとまず頭髪を封筒の中へ戻し、着替えを始めた。黒スーツを脱いで、Tシャツと、綿のパンツをはいた。今日は告別式のあと、市谷の会社へ戻り、夜八時すぎまで仕事をしてから、高井戸のマンションへ帰ってきた。昨夜の強風は止《や》んだ代り、朝から真夏にしては冷たい雨が降りしきっていた。

希央は〈クラウド7〉で働くようになって、まもなく十年になる。兵庫県加古川近くの町の出身で、大学から東京へ来た。家は小さな雑貨屋で、弟妹もいたから、授業料と寮費だけを両親に頼った。生活費は水商売以外のさまざまなアルバイトで捻出《ねんしゅつ》し、卒業すると、就職はマスコミ関係を志望したが、思い通りにはいかなかった。結局〈クラウド7〉の契約社員になった。

〈クラウド7〉は中堅どころの広告代理店だが、大手の規模とは比べものにならない。むしろそのためか、契約社員でも実力しだいで、大きな仕事に参加させてもらえた。

一方、秋島の会社は、食品業界では大手に属しているから、広告などももっとランクの高い代理店に集中してもいいわけなのだが、経営者同士に親交があったことや、〈クラウド7〉の制作したCFが何回か大当りして相性が良いなどで、一定の発注がコンスタントに続いていた。

〈クラウド7〉にとっては大切なクライアントだから、当然部長クラスが対応していたが、担当の部長に信頼されている希央は、ミーティングやプレゼンテーションなどにも加わり、先方のマーケティング部長である秋島と知合う機会に恵まれた。

はじめて仕事で彼に会ったのは、約二年前の九月だった。それ以来、打合わせなどでほかの社員について行った時にも、希央を見ると気さくに話しかけてくれた。彼の人柄もあっただろうが、希央に好感を持ってくれていることもまちがいなさそうだった。ミーティングのあとの食事とか、打上げの二次会とか、希央が遠慮している時にも彼のほうから声をかけてくれたから――。

あれは今年三月十七日の午後、西銀座のホールで映画の制作発表会のパーティがあり、会社の部長のお伴で参加した。部長が先に帰り、希央が一人で外へ出ると、凍えるような雨が降っていた。地下鉄まで大分距離があるので、スカーフを頭に被《かぶ》ろうとしていた時、近くから名を呼ばれた。見るとタクシーの窓が開いていて、秋島が屈託のない声でいった。

「近くの駅まで送ってあげようか」

希央が車に乗ってから、彼女のマンションが高井戸とわかると、通り道だからそこまで送ろうかと彼がいった。彼はパーティでワインを飲んだせいか頭痛がするので、このまま西荻の家へ帰るつもりらしかった。彼は日頃あまり酒を飲まず、どうかするとちょっと飲んだだけで悪酔いすることがあると、聞いた憶えがあった。希央は仕事で彼と会う機会のたびに、彼のちょっとした癖を見守ったり、ささいな話も注意深く記憶に留めていた。

ラッシュにかかって車はひどく渋滞し、秋島は気分が悪そうに見えた。希央は、自分は適当に降りるので、「まっすぐご自宅へお帰りください」と勧めたが、「いいよ、大した差はないから」と彼は苦笑していた。

環八通りから、ようやくマンションの細い通りへ曲った時、希央は急に思いついていった。

「ちょっとお休みになって行かれませんか。悪酔いした時、緑茶を何杯も飲むと気分が治るって、おっしゃってたじゃありませんか。それと、ちょうど釘煮があるんですよ」

シートに凭《もた》れて目をうすく閉じていた彼は、その目を意外そうに見開いた。

「加古川から、母が送ってくれたばかりなんです。相生《あいおい》とは味がちがうかもしれませんけど、よかったら少しお持ち帰りになりませんか」

「そうか、あなたは加古川の近くの出身だといってたなあ。だけど、どうして相生や釘煮のことなんか知ってるの」

「いつか、うちの部長に話してらっしゃるのをそばで聞いていて……」

秋島の母方の祖母は兵庫県相生の生まれで、ずっとその近辺で暮らしていた。「釘煮《くぎに》」は近畿地方の名物で、瀬戸内海で春先に漁《と》れる「いかなご」の幼魚をつくだ煮にしたものだが、釘のような形になるのでその名が生まれたらしい。秋島の祖母は数年前に亡《な》くなるまで、毎年手づくりの釘煮を秋島の家へ送ってきたという話だった。秋島が早くに母を亡くし、祖母の手で育てられたことは、また別の折、ほかの人の口から小耳に挟んでいた。

「うちの母も、三月に必ず送ってくれるんです。あれが届くと、ああ、春が来たんだなあ、という実感がして……」

希央は秋島が口にしていたことばをそれとなく真似《まね》た。

そのうちタクシーは希央のマンションの前に着いた。質素な四階建の一階で、居間と寝室の二部屋だけだが、室内はいつも清潔にしていた。

「そこなんです。お茶を飲んでらっしゃる間に、すぐ用意しますから」

彼はいっとき迷っていたが、

「じゃあ、お茶を一杯ご馳走《ちそう》になっていこうか」

タクシーを待たせておいて、外へ出た。

希央は彼を居間へ請じ入れると、急いでエアコンを入れた。

「コートのままで失礼するよ」

室内が寒いのと、すぐ辞去するという意思表示のように、彼はコートを着たままでソファに掛けた。

希央は熱湯玉露を彼に勧め、冷蔵庫から釘煮を出して、プラスチック容器に小分けした。

適当な紙袋に入れて、彼の前に置くと、自分もお茶を淹《い》れて腰をおろした。

「私、もしかしたら、会社辞めるかもしれません」

やや唐突にいうと、

「え、どうして?」

彼は心底驚いたように顔をあげた。

「両親が、家に帰ってくるようにとしきりにいうんです。地元で結婚させたいらしくて……私は長女ですし……」

それは嘘《うそ》ではなく、母親の電話の口吻《くちぶり》では具体的な縁談もあるらしかった。

「そうかあ。まあ、それもいいかもしれないけど、希央ちゃんがいなくなったら寂しくなるなあ」

声に実感がこもっているのが、希央にはうれしかった。「希央ちゃん」という呼び方は、まわりの習慣に合わせたものだが、彼にそう呼ばれるたび、希央は胸のうちにとくべつの情感がしみ透《とお》るような気がする。

「でも、その前に、秋島部長がうちへ来てくださるなんて。思いがけず、こんな時間が持てて、幸せでした。なんだか、神さまが私にくださった贈りものみたい……」

これも秋島には唐突だったにちがいない。

彼はちょっと絶句してから、何かいおうとしたが、その直前に希央は素早く椅子《いす》を立って、彼のそばへ寄った。ふいうちでなければ逃げられてしまうと、本能がけしかけていた。ソファに横向きに掛けて、身体《からだ》を彼に向けた。

「私、ずっと、秋島さんが好きだったんです。その気持を胸にしまったままで、郷里へ帰るつもりでしたけど、せっかく神さまがチャンスをくださったんだから……お願い、秋島さん、私に想《おも》い出を与えて……」

彼は息をのみ、目を瞠《みは》っていた。希央はいきなり彼の冷えた首筋に両手をからめ、その眸《ひとみ》の奥をまっすぐにさし覗《のぞ》いた。

「一度だけでいいんです。決してご迷惑はかけません。私もきれいな想い出にしたいから」

まだ冷たい部屋で、希央はほとんど滑稽《こっけい》なほど慌《あわただ》しくジャケットとブラウスを脱ぎすてた。

続いて彼のコートも脱がせたが、寝室へ導かなかったのは、寒いから以上に、やはり彼に逃げられてしまいそうな恐れのためだった。

室内の空気が温《ぬく》もるにつれ、ふいに彼の感情ものぼりつめてきた。「いいの？」と彼は一度だけ耳許《みみもと》で確かめ、「大丈夫です」と希央は彼の心配を強く否定した――。

絨毯《じゅうたん》から立ち上った彼が、ソファの上に置かれていたコートを取りあげた時、その襟のあたりから頭髪が一本、ソファに落ちた。

彼が帰ったあとで見ると、絨毯の上にも抜け毛が一本落ちていた。二本の髪を、希央はティッシュペーパーで包み、ビニール袋に入れて引出しの奥にしまった。想い出の一部として。それと、いつか、何かの役に立ちそうな気が、ふとしたのだった。

希央は引出しから、それを取り出してきた。

テーブルの上でティッシュペーパーを開いた。しまった時の通りに、二本あった。以前はそこまで考えたこともなかったが、今よく観察してみれば、自然の抜け毛にもかすかに白っぽい毛根が付いているように見える。

DNA鑑定には、毛髪は多いほうがいいが、毛根さえ付いていれば一本でも可能だと、電話した知人の弁護士がいっていたことを、希央は思い返した。だから、これを鑑定の資料に使うこともできたわけだが、わざわざ杏子に遺髪を求めたのは、無性に彼女を傷つけたい衝動と、もし彼女が渡してくれれば、最初からはっきりしていていいと考えたのだった。

今日渡された頭髪も、もう一度封筒から取り出してみた。

二本と三本を、注意深く見較《みくら》べた。

やはり、髪の太さがちがうと、希央は確信を抱いた。

5

希央が西荻にある秋島家を訪れたのは、翌年の三月中旬の穏やかに晴れた午後で、秋島優平の急死から七ヵ月近くが流れていた。

閑静な住宅地の中にある和洋折衷の二階建には、今は杏子と大学生の長男の二人暮らしだと聞いている。希央はあらかじめ電話を掛け、杏子の了解を得た上で午後二時に訪問した。杏子と話をするのも秋島の通夜《つや》以来だったので、希央の声を聞いた杏子はひどく驚いた様子だった……。

杏子は希央を、庭に面した応接室へ通し、二人はテーブルを挟んで向かいあった。

希央より約一回り上の杏子は、四十四歳か、もう五歳になっているはずだが、下膨れの御所人形のような貌《おもざし》は、やはり上品で可愛《かわい》らしい。あの頃より多少太ったように見える。希央がなかば期待していたような、やつれた感じがしないのは、生活の不安がないせいだろうか。

杏子の眼差《まなざし》も、それとはなしに希央を観察している。大きく変ったのはこちらのほうにちがいなかった。

濃紺のタイトスカートに細っそりと包まれた希央の腹部から急いで視線をそらした杏子が、多少あいまいな微笑を浮かべて尋ねた。

「その後も、クラウド7でお仕事なさってらっしゃいますの」

「いえ、去年の九月で辞めました」

「あら、それじゃあ、今は？」

希央は直接答えず、

「十月に兵庫県の実家へ帰って、十二月に子供を産みました」

杏子は息をのむようにして、今度はあまり遠慮せずにもう一度希央の腹部を眺めた。つぎのことばが見つからない面持で、二、三度小さく頭《かぶり》を振った。

昨年八月十六日、膨らんだお腹《なか》を抱えて通夜に現われ、秋島の遺髪が欲しいといった希央が、翌日それを受け取ったまま何もいってこなかったので、杏子は希央が子供を堕《お》ろしたものと思っていたかもしれない。秋島と胎児との親子関係を証明できなかったので、出産を諦《あきら》めたのにちがいない、と。中絶には遅すぎる時期だったが、その点は希央が嘘をついていたと考えることもできただろう。

だが、希央はいよいよお腹が目立つギリギリまで働いて、郷里へ帰った。無論両親は唖然《あぜん》としていたが、希央が加古川の病院で元気な女の子を出産すると、にわかに孫が可愛くなったようだった。母親は自分から赤ん坊の世話をしてくれた。近所の噂《うわさ》など、希央は気にもとめていない。もうしばらく実家に厄介になって、保育園へ預けられるくらいになったら、親子でまた東京へ出てきて、希央は仕事を捜すつもりだ。

「予定日より二週間ほど遅れて、十二月二十日に女の子が生まれて、優香と名づけました」

希央は名前の文字の説明をした。優平の一文字を取ったことをわからせたかった。

「年が明けてから、秋島さんと私と優香との親子鑑定を頼みました。よほど急ぐ時には妊娠中に羊水を採ってもできるそうですが、胎児に危険があってはいけないので、生まれるまで待っていたんです。鑑定は東京の業者に依頼しました」

「業者？」

呆気《あっけ》にとられたように聞いていた杏子が、奇妙なことばにぶつかった顔で問い返した。

「そうなんです。裁判所などの指示で行う鑑定は、大学の法医学教室へ依頼されるそうですが、今度のような私的ケースでは、それを引き受ける鑑定業者がたくさんあるんです。私も弁護士さんに教えてもらって知ったんですけど」

「………」

「DNA鑑定は、ふつう唾液《だえき》で行うのですが、今度の場合は、秋島さんの遺髪と、私と優香の唾液とでやってもらいました。業者が綿棒と試験管をくれて、綿棒にそれぞれの唾液をしませ、試験管に入れて渡せばいいんです。秋島さんの髪の毛を使うことは、事情を話して、とくべつに受けつけてもらいました。業者はそれをアメリカの専門機関に送って、早ければひと月くらいで鑑定結果が返ってくるんです。その結果がわかったので、今日お伺いしたわけなのです」

杏子ははじめて身構えるように背筋を立てた。が、その割には、どこか余裕のある表情を浮かべている。

希央は業者から送られてきた鑑定書のコピーを、テーブルの上に出して開いた。英文と、それを翻訳した日本語のものと二通あった。

「鑑定の結果、やはり優香の父親は秋島さんであることが認められました」

〈DNA数種を調べた結果、父権肯定確率九九パーセント――〉といった活字のあたりを、希央は指で示した。

「そんなはずないわ」

杏子が反射的にいい返した。憤慨したような、またどこか嘲《あざけ》るような声だ。顔に血がのぼっていた。

「どうしてですか」

「だって秋島がそんな行為をするはずがありませんもの。その鑑定はまちがっているんです」

「なぜそんなにはっきりおっしゃれるんですか」

「それは、私は秋島の性格を知っていますし、あの人を信じていますから……」

「いいえ」

希央が鋭く遮った。

「奥さまはご主人を信じきれなかったのです。だから私に、別人の髪をお渡しになったのですね」

杏子はハッとしたように声をのんだ。

「告別式の日私は、奥さまからといって手渡された封筒を、夜、家に帰ってから開けました。中に入っていた三本の頭髪を見た時、なんとなく違和感を覚えました。秋島さんの髪は、もう少し細くて、柔らかかったんじゃないかと」

「そんな……」

そんなことまでわかるはずはないといいたげに唇を歪《ゆが》めたが、声には力がなかった。

希央は無視するように続けた。

「それから、彼が来るたびに使っていた専用のヘアブラシがあったのを思い出して、取り出してみると、何本か彼の髪の毛がからみついていました。それと、渡された髪の毛を見較べてみると、はっきりとちがいがわかったのです」

希央はそれらもバッグから取り出して、並べてみせた。渡された封筒に入っていた三本と、希央がソファと絨毯の上から拾って保存しておいた二本の頭髪――。

「別人の髪を渡されたのだと気がついて、私はどうすればいいか、思案に余り、知合いの弁護士さんに相談に行きました。学生時代の親友のお父さんで、経験豊富な先生ですから」

よくある話だと、弁護士は苦笑して説明してくれた。

「いきなり遺髪を要求されて、ああそうですかと正直に渡す奥さんなどめったにいない。たいていは拒絶されて、遺体が茶毘《だび》に付されてしまうと、故人のDNAを証明する資料はなくなってしまう。勿論《もちろん》、愛人の側で、裁判所に証拠保全を頼むという方法も考えられるが、裁判所はそんな急には対応してくれないからね。そういう場合、愛人の側に、故人が使った電気カミソリとかヘアブラシなどが残っていれば、そこに付いている髭《ひげ》やフケや頭髪などを資料にして、DNA鑑定に出せばいいのです」

希央は、弁護士に教えられた内容を、杏子に伝え、秋島専用のヘアブラシに残っていた頭髪を鑑定資料に使ったと話した。あの時弁護士はさらに付け加えたものだ。

「愛人の側からの私的鑑定は、いざ裁判にでもなれば、証拠能力は低いですがね。資料に使われた髭や髪などが、本当に故人のものかどうかの厳密な証拠がないわけだからね。裁判所の指示で鑑定を行う時には、法医学の先生が資料を奥さんから直接受取るものですよ。しかし、私的鑑定でも、ないよりあるほうが強い。ことにあなたのお話のケースでは、先方が別人の頭髪をよこしたりしたのであれば、それだけで先方の負けになりますよ」

だが、そこまでは、希央は今杏子に告げなかった。希央も裁判など望んではいないのだ。

親子関係を肯定する鑑定結果が業者から届くと、希央はそれを電話で弁護士に報告した。勿論弁護士にも、秋島のヘアブラシに付いていた頭髪を使った鑑定だといってあった。

「よかったですね。たぶん先方は裁判を起こしたりはしないでしょう。こちらも戸籍上の認知を望まないなら、財産分与の額を協議して、和解が成立すると思いますがね」と彼は予測をのべた。その協議はいずれあらためて彼に依頼するつもりだ。

「――弁護士さんの勧めに従って、DNA鑑定をした結果がこの通りなのです」

希央は繰返しいって、鑑定書のコピーを杏子のほうへ押しやった。

「もし、どうしてもそれがまちがっているとおっしゃるのでしたら、奥さまが私に渡された髪の毛こそが秋島さんのものだという証明をなさってください」

希央が辞去したあと、杏子は応接室へ戻り、力なく腰をおろした。

テーブルの上には、希央がティッシュペーパーにのせて置いていった一本の頭髪がある。杏子が谷口に託《ことづ》けて渡した三本のうちの一本だった。不満があればそれが確かに秋島のものだという証明をしてほしいと、希央はいい残して帰っていった。

どうしてあんなことをしてしまったのだろう……あまりにも軽率なことを。

突然現われた希央の無躾《ぶしつけ》な要求に対して、せめてただ拒絶するだけでよかったものを
——

「しかしね、拒絶すると、こちらに弱味があるのかと勘ぐられて、かえって厄介なことになるんじゃないかなあ」と、あの時谷口はいった。相手に食い下られて、あとあとまでこじれたケースがあるというような話だった。

「渡してやればいいじゃないですか」とこともなげに勧めた。

「秋島に限って、絶対心配ないんだから」

でも私は、夫をすっかり信じきれなかったのだ。それでいて、心の底を谷口に見すかされるのがいやだった。

「あの人の頭から髪の毛を引き抜くのが、なんだか可哀相《かわいそう》みたい」と杏子はいった。実際それがひどく屈辱的にも感じられた。

「このごろ少し薄くなってきたなんて、ちょっと気にしてたからなあ」

谷口もしんみりした声になって、自分の前髪を指でかきあげた。

その時、彼の髪が畳の上に落ちたのだった。

「これを渡しておくか」

彼は半分冗談みたいにいって、髪の毛をつまみあげたが、ふとそれを自分の目の前にかざした。

「実際、これを渡せばまったく問題ないわけですよ。拒絶して絡《から》まれることはないし、万が一にも親子関係が証明されるような気遣いもない」

咄嗟《とっさ》に答えられずにいると、谷口はますます真剣な表情になって続けた。

「血液型は彼もぼくもA型だったから、そこまでは矛盾しないわけだ」

「でも……わからないでしょうか」

「わかりっこないですよ。ぼくと彼は同い年で、髪の減り方も同じくらいだと話しあっていたものです」

「主人は最近、髪の毛が細くなって、ボリュームがなくなったなんて嘆いていましたけど」

「それもご同様ですよ。五十近くなると、そろそろ髪が痩《や》せてくるものらしい」

白髪の混り方まで、一見よく似ていた。年齢も血液型も同じで、見た目にも大きな差がないとしたら……?

「杏子さんだって、ご主人の髪とほかの人の髪を混ぜられて、これが主人のだと見分けられますか」

そこまでいわれて、杏子も心が動いた。

「谷口さんが、了解してくださるなら……」

「ぼくは無論かまわないですよ。秋島が急死した上に、あとでゴタゴタが起こるのはたまらないですからね」

谷口は苦渋を飲み下すように、一気にビールを呷《あお》った——。

まさか、あの女性のマンションに、秋島専用のヘアブラシが用意されていたとは……。

そこに残されていた髪と、こちらの渡した髪とを見較《みくら》べたなんて……。

そんなものの存在は、想像もしていなかった。

杏子は悔恨と敗北感に打ちのめされている。

私は百パーセント、夫を信じきれなかった。

結局それが正しかったということなのだろうか？

「でも、まさか……」

杏子は思わず声に出して、何度目か頭を振った。

夫にしても、どうかした成行きで、深い愛情もない相手と関係を持つことは、絶対になかったとはいえないだろう。酒の勢いとか、その場限りの遊びの気分で。あの時もそれくらいは考えた。

本当に、最初はそんなふうだったのかもしれない。

でもまさか、その後二年も続いていたとは。時々ホテルでデートしていたが、人目を避けるために、月に一、二回、彼女のマンションへ寄る習慣になったという。あげくに彼女が妊娠し、女の子とわかると夫がよろこんで認知するとまで約束したとは……。外では愛妻家で通り、家では心底充《み》たされて寛《くつろ》いでいたように見えたあの人が、そこまで私を裏切っていたなんて……！

今ではむしろそのことが、杏子には信じられない。

でも、いったい私たちは、どれほど理解しあっていたといえるのだろう……？

ＩＣＵのベッドで、彼は最期《さいご》に何をいおうとしたのか？

そのことばの想像が、さらに幾通りにもひろがるように思われて、杏子は深い溜《た》め息をついた。

それから長い時間、杏子は放心したように、同じ場所にすわり続けていた。

庭の陽射《ひざ》しが夕日の茜《あか》みを帯び始め、庭の中では春一番に咲くこぶしの白い花をほのかに照り輝かせている。

杏子が唐突に「釘煮《くぎに》」のことを思い出したのは、夫がこぶしの花を見るたびに、祖母の話をしたからだったかもしれない。祖母の存命中は、手づくりの釘煮が送られてくるのと、こぶしの開花とが、毎年前後していたのだった。

「出入りの会社の女性に加古川近くの出身の子がいてね。やっぱり毎年お母さんが釘煮を送ってくれるといっていたよ」

今日のように天気のよかった休日の昼間、縁側から庭を見ていた夫がそんなことをいったのは、昨年の今時分だっただろうか。

「もうじき会社を辞めて、郷里へ帰って結婚するような話だった。幸せになるといいけどねえ……」

彼の横顔は奇妙に甘酸《あまず》っぱいような微笑をたたえていたが、その声には日頃の彼の素直な優しさがこもっていた……。

杏子は椅子《いす》から立って、ガラス戸へ歩み寄った。レースのカーテンを引きながら、尽きることなく湧《わ》きあがってくる想い出に蓋《ふた》をした。

私は自分が信じられる夫のイメージだけを大切にして生きていこう。

どんな夫婦だって、人が人をすっかり理解することなど、できるはずはないのだから。

自分のイメージが正しかったかどうかは、歳月が経《た》つにつれ、時がおのずと証《あか》してくれるような気もした。

6

秋島家を出ると、希央の腕時計は四時五分をさしていた。

あたりは閑静な住宅街だったが、青梅街道へ近づくにつれて絶え間ない車の騒音が伝わってくる。道路へ出ると、案の定ひっきりなしの車の往来で、トラックが走りすぎるたびに排気ガスの臭いがあたりに充満した。

でも、五ヵ月ぶりに東京へ出てきた希央には、それすらも懐《なつ》かしい。

バス停の先にある電話ボックスが目につくと、佐川に掛けてみようかと、ふと気まぐれな感じで思いついた。

佐川陽二は大学の「マスコミ研究会」の二年先輩で、在学中の希央の「彼」だった。頭がよくて、見かけも格好よかったが、彼もマスコミ関係の就職に失敗して、中堅の商社に勤めた。彼の卒業を境に、希央との付合いは自然消滅した。まもなく彼は結婚したが、二年で離婚したと、風の便りで聞いていた。

希央が新宿の路上で偶然彼と出会ったのは、それからまた二年くらいあとで、希央は二十六歳になっていた。以来また付合いが再開し、時たま誘われればホテルへも行った。学生時代にも関係があったから、大した抵抗はなかった。だが、お互いにまったく相手を結婚の対象としては考えていなかった。佐川は頭脳も容姿も人並以上だが、どことなくいいかげんというか、責任感とか誠意といったものが人並より希薄な男なのだと、希央にはわかり始めていた。佐川は佐川で、最初の結婚に懲《こ》りたのか、仕事好きでキャリア志向の女はごめんだと、希央の前で公言していた。

希央が最後に佐川に会ったのは昨年六月なかば。十月に郷里へ帰る前にも電話一本掛けただけで、業界もちがうから、こちらの消息はほとんど知らないかもしれなかった。

希央は電話ボックスへ歩み寄った。東京にいる間は常時携帯電話を持ち歩いていたので、ボックスの重い扉を押すのも久しぶりの経験のような気がした。

アドレス帳には、佐川のセクションの直通番号がメモしてあった。

プッシュすると、女性の声が応答した。希央は「大学の後輩の千野と申す者ですが」とていねいに名乗って、「佐川さんを」と頼んだ。「佐川は、昨年からクアラルンプール支店へ転勤しております」と、相手は滑らかに答えた。

ボックスを出る時、希央の口許《くちもと》には知らず知らず、かすかな笑いがたちのぼっていた。

佐川はこれから世界中を渡り歩くのではないだろうか。本人もそれを希望していた。

もう二度と会うことはないかもしれない……。

希央は人のいないバス停のベンチに腰をおろした。今日は三月十三日。こんなにうららかなお天気だが、一年と四日前の昨年三月十七日には凍えるような雨が降っていた。

それがあの奇跡を運んできてくれたのだった。

希央には今でも奇跡としか考えられない。一応の社会的地位もあり、愛妻家の評判で、浮いた噂《うわさ》一つなかった秋島が、あの貧しいマンションの絨毯《じゆうたん》の上で自分を抱いてくれたなんて——

タクシーを待たせたままの、性急な情事のあと、身繕いしながら、「学生時代みたいだな」と、彼は苦笑いして呟《つぶや》いたものだった。多くの人があるように、学生の頃、狭い下宿の部屋でのあわただしいセックスの想い出を、彼も持っていたのだろうか。立ったままお茶を一口飲むと、釘煮も忘れて帰っていった……。

あのあと、仕事でほかの人たちといっしょにまた彼と会うことがあっても、彼は希央から顔をそらしたりはしなかった。むしろどうかすると、その後元気かとでも問いかけるように、いっとき彼女の目を覗《のぞ》きこむこともあった。

しかし、彼からの誘いはなかった。希央も、何も求めなかった。もしこちらから誘うようなことをいえば、「一度だけの想い出だろう?」と、優しく切り返されそうな気がした。

彼はあの時のひたむきな私のことばを信じてくれた。だから自分も裏切ることはできない、と思った。

神さまは確かにひとつの奇跡を私に与えてはくださったけれど、奇跡はふたつとは望めないものだったのだ。あの日はちょうど排卵日と重なっていたはずなのに――。

あれ以来生理が止まると、希央は六月初めに産婦人科で受診し、妊娠を告げられた。本来なら舞い上がって喜ぶはずなのに、一抹の不安が拭《ぬぐ》えなかった。あの数日前に佐川と関係を持っていたのだ。

佐川とは妊娠の恐れのない日を選んでいたつもりだったが、女のからだの周期はどうかして狂うことがある……。

六月なかば、希央のほうから佐川を食事に誘った。タクシーの中で、若白髪を見つけたなどと嘘《うそ》をついて、佐川の頭髪を二本引き抜いた。血液型は秋島と同じAと、前からわかっていた。が、妊娠はおくびにも出さなかった。その後の彼からの誘いは、仕事を理由に断った。

秋島にも何もいわなかった。お腹《なか》が目立ち始めて人の噂になる前に、郷里へ帰って一人で産むつもりだった。その時にも、秋島に何も告げずに東京を去ることができるかどうか、希央には確たる自信はなかったが。

しかし、それ以前に、突然の訃報《ふほう》が社内に伝えられた。

劇場で一度だけ見かけたことのある秋島の妻の、充《み》ちたりた女性特有の控え目な貌《かお》を瞼《まぶた》に浮かべた時、希央の中に思いがけない衝動が走った。

親友の父親の弁護士に電話し、他人の話として相談した上で、夜遅く通夜《つや》の葬祭場を訪れた。

もしあの時、杏子が冷静に、「では主人の遺髪を法医学の先生に直接お渡しします」とでも答えたら、そのようにしてもらい、鑑定結果に従う以外の道はなかった。だが、弁護士が「おそらく拒絶されるでしょう」といった以上の行為を、杏子はやってのけた。

渡された頭髪が別人のものであることは、業者にＤＮＡ鑑定を依頼して確証を得た。近年は業者の数が増えて競争が激しくなり、費用は安いし、日数もかからなくなった。

十月に帰郷して、十二月に優香を産んだことは、杏子に話した通りだ。確率的に秋島の胤《たね》である可能性がはるかに高く、そして二度と望むことのできない可能性を抱いた、かけがえのない子を。

正月休みのあと、東京の二つの業者に、二件の別の親子鑑定を依頼した。一件は秋島が落としていった二本の頭髪、一件は佐川の二本の頭髪を、それぞれ「父親」の髪として送った。

結果は、一抹の不安にすぎなかったはずの予感が的中した。優香の父親は秋島ではなく、佐川と鑑定された。希央は秋島との鑑定書を破り捨て、佐川との鑑定書を杏子に示した――。

もしかして、杏子の手許《てもと》にも、秋島本人の頭髪が残っているかもしれない。彼女が改めて優香との親子鑑定をやり直したいといい出しても、希央は協力を拒むつもりだ。一度騙《だま》されたのだから、今度も信用できない、との理由で。遺骨を使おうとしても無理だ。火葬された骨からは、ＤＮＡは採取できない。

これで本当に、優香は秋島優平と私との子になった――

希央は自分でもほとんどそれを信じているような気持で思う。

とはいえ、「それほど秋島さんを愛していたの？」と誰かに問われたとしたら、希央は心の中でたじろぐだろう。愛する、といえるほど、彼のことを深くは知らなかった。少女じみた表現だが、離れたところから尊敬し、憧《あこが》れていた、というのがむしろ正確な気がする。

ただ、世間の評価や、自分の注意深い観察、可能な限り集めた情報などによって、彼が「自分の子供の父親として望ましい人」と認められたことはまちがいない。そしてそれだけが、希央には価値あることだった。

もともと私は、結婚なんて望んでいなかったから――

これからは、優香と二人で生きていく。

バスが走ってきて、停車した。

都心へ向かうすいたバスに乗りこんだ希央は、シートには掛けず、吊《つ》り革に手首を入れて立っていた。

黄昏色《たそがれいろ》の春霞《はるがすみ》に彩《いろど》られた視野には、家々の向こうにうす青い畑地が見え、それがはるか先までのびて、靄《もや》の奥に消えていた。スピードをあげたバスの震動に身を任せていると、どこか遠くの見知らぬ町を旅しているような、爽快《そうかい》な解放感に包まれてくる。

アメリカなどでは、肌や髪や眸《ひとみ》の色、身長や血液型まですべて自分の好みにあう精子を選んで買ったシングルマザーが大勢いると聞いているが、そこまでの踏んぎりは希央にもつかなかった。だから、これが私の選んだ、シングルマザー・バイ・チョイス——。

解説「夏樹作品の記憶」

藤田香織

子供のころ、我が家には〝本棚〟がなかった。父は東京のそれなりの私大を出たそれなりの会社のサラリーマンで、母は地方公立高校卒の専業主婦。三歳年下の弟に私、という四人家族で、特別貧乏だとも裕福だとも感じたことはなく私は育った。学歴も、収入も、家族構成も、昭和五十年代の日本では、本当にごくごく普通のどこにでもあるような家庭だったと思う。

けれど、たった一つ、少しだけ子供心に「普通じゃない」と感じていたことがあった。それは、父が二、三年に一度は転勤を強いられる会社に勤めていたこと。まだ今ほど単身赴任は一般的ではなく、そのために、私や弟は幾度となく転校しなければならず、引越し先の社宅事情は様々で、だから母はよく「本棚は買えないのよ」と言っていた。

そんな些細《ささい》な言葉を今でも覚えているのは、私が本ばかり読んでいる子供だったからだ。小学校高学年から中学を卒業するころまで、転校するたびに新しい学校の空気や同級生たちに馴染《なじ》めず、休み時間になると図書館へ逃げ込んでいた。放課後も毎日下校時刻まで図書館に居座り、本を借り出しては家へ持ち帰り読み続けた。

土地が変われば習慣や言葉も変わる。服装や、髪型や、持ち物の常識さえもその地方の特徴があった。友達の名前の呼び方も、先生との距離感も、学校によって全然違う。そうした突然のルールの変化を無邪気に受けいれられるほど子供でもなく、愛想良くこなせるほど大人でもなかった数年間、本だけが私の友達だったのだ。

そんな私が最初に夏樹さんの著書と出合ったのは、忘れもしない小学五年生の夏。母が使っていた鏡台の上にその本を見つけた。本棚のない我が家で小説本を見かけることは珍しく、小学校の図書館にはない本だ、という直感が働き、タイトルにあった文字にも惹《ひ》かれて母に内緒で読み始めた。けれど、そのときは結局最後まで読むことはできなかった。

それから数年後、高校二年生のときに、薬師丸ひろ子主演の映画『Wの悲劇』が話題になり、初めて自分で夏樹さんの本を買って読んだ。思いもよらない後半の展開が新鮮で、読み終えた後、物凄《ものすご》く驚いた記憶がある。それまで単純な「犯人あて」「謎《なぞ》解《と》き」「アリバイ崩し」をメインに扱ったミステリーは山ほど読んでいたけれど、それらが基礎問題だとしたら、『Wの悲劇』はいきなり出現した応用問題のような凄みがあった。しかし、難しい問題ほど、解ければ楽しい。「夏樹静子」を知ったことで、私の読書偏差値は確実に上がり、〝逃避〟ではなく本を愉しんで読むことを教わった気がする。

本書『乗り遅れた女』に収められている六つの物語もまた、決して単純な作りの話ではない。例えば、深夜に起きた交通事故が発端となる「三分のドラマ」。車を運転していた加害者・津川は、被害者の男が最初から道路で寝ていたと主張し、被害者の妻はそんなはずはない、と言い張る。


「急病か何かで、急に倒れて気絶したという場合もなくはないだろうが……」

「とにかく、死んだように倒れてたんです」

「そんなはずないわ！」

突然女がヒステリックな声をあげて津川を睨《にら》んだ。

「ついさっき元気で家を出た人が、五分もたたずに急病で倒れるなんてはずないじゃありませんか」

「しかし、ぼくが通りかかった時には……」

思わず鼻白んだ津川に、女はいよいよ詰め寄るように叫んだ。

「嘘《うそ》ばっかり！　あなた、主人を轢《ひ》き殺しておいて、そんな作り話をして責任を逃れるつもりなのね！」

これを読んだ瞬間、私は心の中で「犯人は多分、この妻の富士子だな」とあたりをつけた。ヒステリックに叫ぶ女は信用できないし、目の前に轢かれた夫が横たわっているのに、悲しむより先にこんな主張をしているなんてなんだか信用できない。過剰な気がする。今、この解説を読まれているみなさんも、そう思いません？

しかし、心臓発作で死亡していたところを轢かれたのか、完全なる事故死なのかの判断はつかず、死体は行政解剖が確定。すると、加害者の津川が監察医の北坂に検屍《けんし》と解剖結果に手心を加えて欲しいと「陳情」にやって来る。自ら警察に通報した誠実さは単なる保身だったのか？　どんな理由があるにしろ、人を轢いておいて自分の都合を主張する姿には、疑惑を抱かせるものがある。頭を捻《ひね》りながらさらに読み進めると、今度はさらに富士子が保険金を多く受け取りたいから、事故死だということにしてくれ、と北坂に懇願する。

結局、監察医の北坂は、津川にも富士子にも納得できる大岡裁きを見せ、これにて一件落着——と思いきや、ここからさらに真相は一転、思いもよらない結末が用意されている。

私はこの最後の一押しが、夏樹作品の醍醐味《だいごみ》ではないかと思うのだ。読者を巧《たく》みに結末とは違う方向へ誘導していくことを〝ミスリード〟と言うが、夏樹さんの作品には、厭《いや》らしい作為がない。読者を騙《だま》してやろう、欺《あざむ》いてやろう、という気持ちは、プラスとマイナスどちらにもふれる場合があるのだけれど、夏樹作品に共通するのは同じ〝騙す〟でも「愉しんで欲しい」というプラスの気持ちではないだろうか。

表題作である「乗り遅れた女」は、そんな夏樹作品の醍醐味をぎゅっと凝縮した物語だ。一人の女が東京から新潟までタクシーに乗り込み、最初はあれこれと愛想よく話をしていたのに、高速のサービスエリアで休憩をした後は顔にハンカチを被《かぶ》せてシートに凭《もた》れかかったまま、ろくに口もきかず眠ってしまう。新潟駅についても寝起きのせいか声はかすれ気味で、きちんと顔を上げる様子もなく車を降りてゆく。この段階で当然のことながら多くの読者は少なからずとも「何か怪しい」と疑惑を抱くはず。そこへ、東京である男が死体で発見される。捜査の過程でタクシーに乗った女が容疑者として浮かび上がるが、当然彼女にはアリバイが立証される。しかし、これまた当然そのアリバイはどうも怪しい、ということもやがて判《わか》ってくる。

つまり最初からほとんどの読者が、タクシーに乗っている女が何らかの犯罪に加担していて、アリバイ作りのために長距離タクシーを利用しているのだ、という見当をつけて物語を読み進めているわけで、こうなると結末の持っていき方はなかなかに難しい。タクシーに乗った女が犯人でないとしたら少し前フリが長すぎるし、といってそのままズバリ犯人だとしたら、正直ちょっと安易だな、という気にもなるだろう。そんな読者の我儘《わがまま》な気持ちをぐっと捉《とら》えて「納得」させ、「満足」にまでもっていってしまう深さ。この味を一度覚えたら病みつきになって当たり前。夏樹さんの読者にリピーターが多いのも頷《うなず》けるというものだ。

もちろん、読後感そのものが「愉しい」わけではない作品だってある。すべての作品が「良かった良かった」で終わるわけではない。抜け切らない棘《とげ》を残したまま終わる話もある。本書でいえば最終話の「あのひとの髪」は、なんとも複雑な読後感をもたらす作品で、自分の価値観が思わず揺らぐ怖さがある。DNA鑑定のために死んだ夫の毛髪を欲しいと言われた杏子《きょうこ》の対応は、当然のことなのか、責められるべきことなのか。主人公の行動は理解しがたい自分勝手なのか、逞《たくま》しいと言うべきか。瞬時に答えを出すことはとても難しい。「独り旅」や「ママさんチームのアルバイト」も、決して後味の良い作品とは言えない。けれど、なぜ後味が悪いのか、と考えてみれば、愚かな過《あやま》ちを犯してしまった主人公に「もしかして私だって……」と自分を重ねて見てしまう部分があるからではないだろうか。小さな悪意やちょっとした出来心が大きな罪になる可能性に、心の奥底では気付いているはずなのに、気付かないふりをしてしまう。残された棘がチクリと痛むことで、私たちはそれに気付かされているのかもしれない。

今回、この解説を書かせてもらうことになり、以前母の鏡台にあった本を探し求め、改めて読んでみた。『天使が消えていく』。記憶の中にあった「天使」という言葉を手がかりに捜したその本を読み返してみて、あの頃の自分が、どうして途中で投げ出してしまったのかを思い出した。

この作品には、まだ赤ん坊である自分の子供を嫌う母親が登場するのだ。今でこそ、我が子を愛せない親の存在や、〝虐待《ぎゃくたい》〟という言葉も知ってはいるけれど、残念ながら当時の私に理解できたとは思えない。そして、そんな本を〝母が読んでいる〟ということが、たまらなく怖かったのだと思う。

しかし、きちんと読んでみると、この作品もまた、重層的で胸に迫る結末が用意されている。そして何よりも、四半世紀近くの歳月を経て今なお色褪《いろあ》せない表現と、揺るぎのない視点に驚かずにはいられない。

あの頃、母はどんな気持ちでこの本を読んでいたのだろう。当時の母の年齢を数えてみたら、偶然にも今の私とちょうど同じ歳《とし》だったことに気付き、なんともいえない複雑な気持ちになった。

私も弟も十年以上前に家を出て、数年前に父は退職し、もう引越しをする可能性も無くなった。今、実家には大きな本棚があり、そこには私と父の本がぎっちりと詰めこまれている。けれど母は今はもう、あまり本を読まなくなってしまった。それが、本を読まずとも穏やかに暮らせるようになったからなのか、それとも単に老眼がすすんでしまったからなのかは判らないけれど。

今度帰省するときには、この『乗り遅れた女』の文庫を持って帰ろう。そして見知らぬ土地での慣れない暮らしの中で、母が大切にしていた小さな愉しみについて、思い切って聞いてみたいと思う。時を超え、世代を超えて愛され続けている「夏樹静子」の魅力を、長年のリピーターである母がどんな風に語るのか、今私はちょっと楽しみにしている。

（平成十四年十二月、書評家）

この作品は平成七年十月双葉社より単行本として刊行され、
その後、平成十二年七月双葉文庫として刊行された。

（本書に収められている物語は、全て作者のフィクションによるもので、実在の人物、職業その他に一切関わりありません）

乗《の》り遅《おく》れた女《おんな》

新潮文庫　な－18－9

平成十五年二月一日発行

著者　夏《なつ》樹《き》静《しず》子《こ》

発行者　佐藤隆信

発行所　株式会社　新潮社

郵便番号　一六二—八七一一
東京都新宿区矢来町七一
電話　編集部(〇三)三二六六—五四四〇
　　　読者係(〇三)三二六六—五一一一

価格はカバーに表示してあります。

乱丁・落丁本は、ご面倒ですが小社読者係宛ご送付ください。送料小社負担にてお取替えいたします。

印刷・三晃印刷株式会社　製本・株式会社植木製本所

ISBN4-10-144309-2 C0193